Lucy Fricke

Die Diplomatin

Lucy Fricke

DIE DIPLOMATIN

claassen

*Die Autorin dankt
der Kulturakademie Tarabya, Istanbul,
und der Villa Concordia, Bamberg,
für die Unterstützung.*

*Die Handlung und alle handelnden Personen
sind frei erfunden. Jede Ähnlichkeit mit lebenden
oder realen Personen wäre so zufällig
wie alles andere im Leben.*

MONTEVIDEO

1

Vor dem Fenster knatterte die deutsche Flagge im Wind. Jeder erste Blick nach draußen war schwarz-rot-gelb. Ich nahm sie kaum noch wahr, die Flagge, sie war ein Teil des Himmels geworden, eine festhängende Wolke.

Erschöpft legte ich das Telefon auf den Tisch. Mein zweiter Mann hatte angerufen und von Burn-out gesprochen, von seinem Arzt erzählt, der ihn für vier Wochen krankgeschrieben habe, absolute Ruhe empfahl, maximal Gartenarbeit. Es tue ihm wirklich sehr leid, hatte er in den Hörer gemurmelt und gehofft, ich werde Verständnis haben.

Wie konnte man in Montevideo ein Burn-out bekommen, noch dazu als zweiter Mann? Er war gerade mal vierzig. Genau das Alter, in dem es bei anderen endlich nach oben ging, mein zweiter Mann hingegen war beim Blick auf den Strand zusammengebrochen. Vielleicht wollte er sich mehr um seine beiden Kinder kümmern, dafür war ein Anfall von Erschöpfung immer eine gute Gelegenheit. Die wirklich wichtigen Dinge: Familie, Garten, Glück. All das, wozu es bei mir nie gekommen war, wenn man von zwei verlorenen Schwangerschaften und der einen großen, weggeworfenen Liebe absah.

Und nun war ich in einem Land auf Posten, wo Kühe auf endlosen Weiden lebten und stets die Asche von Grillkohle durch die Luft wirbelte. Wo Homo-Ehe, Abtreibungen und Marihuana legal waren. Wo die Leute grundsätzlich nur eine Hand frei hatten, weil sie in der anderen den Matebecher hielten, während im Nachbarstaat die Revolution losbrach. Ausgerechnet in dieses Paradies hatte man mich geschickt. Sechzehn Flugstunden von der Zentrale entfernt, da kam selten mal jemand vorbei, kein Minister, keine Delegation, die sich an diesen friedlichen Flecken verirren würden. Ich hätte den besten Job der Welt machen können, niemand hätte es bemerkt. Von Gestaltungsspielraum sprachen die Kollegen gern, und die Personalabteilung hatte mir zu der einzigartigen Möglichkeit gratuliert. Mir blieb nichts, als sie zu nutzen.

Valentina brachte Kaffee und frisches Brot an den gedeckten Tisch, ohne mich dabei anzusehen. Sie bewegte sich noch immer wie ein Geist, wir beide bewegten uns auf diese Art, als könnten wir aneinander zerschellen. Sie war in meinem Alter, was die Sache nicht einfacher machte. Man will von Menschen seines Alters nicht bedient werden. Ist man sich nur in einer Sache ähnlich, werden die Unterschiede umso deutlicher. Sie werden zu Gräben. Ob es mir gefiel oder nicht, ich hatte mich gewöhnt an diese Gräben, war von ihnen umgeben, war zu einer Festung geworden. Und diese Festung verließ jetzt die Residenz, wie an jedem Morgen: stolz und aufrecht.

Draußen waren die Hecken gestutzt und der Rasen gemäht, sogar die Palmenblätter glänzten. Der Sicherheitsmann grüßte aus seinem Häuschen, und Carlos hielt mir mit einem »Guten Morgen, Eure Exzellenz« die Wagentür auf.

Im Erfahrungsbericht meines Vorgängers hatte gestanden: Genießen Sie es! Dies ist das wunderbarste Land der Welt. Ich lasse Ihnen ein paar Restaurantempfehlungen da.

Ich hatte das Papier umgedreht, die Schubladen des leeren Schreibtisches geöffnet, die Sekretärin gefragt, doch es blieb das Einzige, was er mir dagelassen hatte. Ein paar Hinweise, wo sich gut essen ließ. Vielleicht gab es mehr nicht zu sagen. Nicht ohne Grund gab es bei uns den alten Spruch: Der Vorgänger ist der größte Idiot und der Nachfolger der größte Verbrecher. Ich hatte ihn nie kennengelernt, war ihm womöglich einmal begegnet, ohne mich daran zu erinnern. Es war sein erster und letzter Posten als Botschafter gewesen, er war in die verdiente Rente gegangen, in die Bedeutungslosigkeit. Wahrscheinlich konnte er nicht fassen, dass eine zwanzig Jahre jüngere Frau nun seine Stellung übernahm. Er war auf die neue Zeit nicht vorbereitet, und er konnte von Glück reden, dass seine vorbei war.

Wir fuhren die Rambla hinunter, und ich blätterte auf der Rückbank durch die Tagespresse. Mein erster Termin war der Caterer. Er wollte mit mir über das Essen sprechen und vor allem über die elenden Zelte. Weiß, hatte ich gesagt, ganz normal weiß. Aber offenbar waren die knapp, die ganz normalen Dinge, zur Mangelware geworden. Seit ich vor sechs Wochen angelandet war, ging es nur um dieses Ereignis, die gesamte Botschaft war mit nichts anderem beschäftigt als dem Tag der Deutschen Einheit, Anlass für das größte Fest, das wir im Jahr ausrichteten. Ich war ganz unten angekommen, im Eventmanagement.

»Ihr Vorgänger hat immer die deutschen Farben bestellt«,

sagte Carlos. »Zelte und Servietten, alles deutsch. Sah schön aus.«

Carlos' Familie war Ende der Dreißigerjahre eingewandert. Wann immer man hier auf eine deutsche Herkunft traf, waren es jüdische Vorfahren. Alles Juden, keine Nazis, niemals. Als hätten die sich in Luft aufgelöst, aus den Erinnerungen gelöscht und niemals fortgepflanzt.

Carlos interessierte sich weder für Religion noch für Politik, er erklärte mir nicht die Welt, er erklärte mir den Fußball. Ohne ihn würde ich hier keinen einzigen Empfang überstehen. Er hatte mir seinen Lieblingsclub nahegelegt, damit könnte ich am wenigsten falsch machen, damit legte ich genau die richtige Underdog-Einstellung an den Tag. *Muy amable*, das war das Wichtigste, wenn man einen Fuß in die Tür bekommen wollte. Später könnte ich immer noch mit den Arschlöchern golfen gehen, meinte Carlos. Er war mit mir zum Spielfeld der ersten Weltmeisterschaft gefahren, die vor fast hundert Jahren hier stattgefunden hatte und von der nur noch eine einzelne Markierung am Boden geblieben war, ein letzter, ständig erneuerter Strich, die Torlinie, über die der alles entscheidende Ball für den Gastgeber gegangen war. Die Geburtsstunde der besten Fußballnation der Welt. Für diesen Mythos verbrachten sie die Kindheit auf dem Bolzplatz und ihre Jugend in Trainingslagern. Manchmal hatte ich das Gefühl, Carlos habe den gleichen Reiseführer gelesen wie ich, kurz bevor ich in Bagdad als Leiterin der Rechts- und Konsularabteilung meine Kartons packte. Ein irritierender Umzug war das gewesen, nachts konnte ich kaum schlafen in dieser satten, wunschlosen Stille, tagsüber brachte die Friedlichkeit meine Gedanken zum Erliegen.

Carlos lächelte mich über den Rückspiegel an, erzählte mir kaum etwas Neues, und ich tat trotzdem jedes Mal überrascht, schließlich wollte kein Mann hören, dass er klang wie ein veralteter Lonely Planet.

Ich wandte den Blick ab, sah aus dem Fenster der Limousine, rechts die zehngeschossigen Wohnhäuser, links der Atlantik, vor uns der Stau, jeden Tag Stau, eine Stunde für fünfzehn Kilometer. Es war Mitte September, der Frühling kroch in die Stadt, und abends applaudierten sie draußen dem Sonnenuntergang, so glückselig war dieses Land.

Es hieß, der Minister persönlich habe mich nach oben geschossen. Mit Ende vierzig ein Posten als Botschafterin, das galt bei uns als kleine Sensation. Es hieß auch, es gebe kaum genügend kompetente Frauen, um die Quote zu erfüllen. Endlich das richtige Geschlecht, dachte ich. Nach jahrzehntelangen Kämpfen und fast zwanzig Jahren im Amt endlich den Nachteil zum Vorteil gekehrt. Ausgerechnet ich: Tochter einer alleinerziehenden Kellnerin, aufgewachsen in einem Hamburger Arbeiterviertel, zu einer Zeit, in der es solche Begriffe noch gab.

»Schauen Sie mal!«, rief Carlos und zeigte auf einen Paraglider, der über dem Strand schwebte, an einem Gleitschirm in den knallblauen Farben der konservativen Partei. »Dafür haben sie Geld, arme Idioten unter einen Schirm zu hängen. Und damit wollen sie die Wahl gewinnen.« Er lachte. »So sieht er aus, der Rettungsschirm.«

Wir steuerten auf die Botschaft zu, ein Bau aus den Fünfzigerjahren, an dessen Umzäunung Fotos der Berliner Mauer hingen, Aufbau, Fall und Einheitsfeier am Brandenburger Tor. Diese Bilder, für die uns die ganze Welt liebte. Der trockene

Brunnen vor dem Haus war das Werk eines deutschen Architekten, ein karges Objekt aus Rechtecken und Rauten in Gelb-Blau-Rot, inzwischen vollkommen verrottet. Der Verwalter hatte mir gesagt, er werde nur bei hochrangigen Besuchen angeschaltet, man könne am Zustand des Brunnens also vorzüglich erkennen, wo wir hier seien.

Noch in der ersten Woche hatte ich einen Antrag beim Liegenschaftsamt gestellt, weil ich eine Bauruine für einen wenig geeigneten ersten Eindruck hielt. Mit Glück würden sie uns am Ende meiner Zeit das Geld bewilligen, und ich würde zumindest einen sprudelnden Brunnen hinterlassen.

2

Ich hatte mich für diesen Beruf entschieden, weil ich etwas bewirken wollte. Und jetzt hatte ich eine geschlagene Stunde über Grillfleisch und Bratwürstchen diskutiert. Direkt hinter der Grenze gebe es diesen deutschen Schlachter, nach seinen Würsten seien die Leute hier verrückt, ja, eigentlich kämen sie überhaupt nur wegen der Würste zu unseren Botschaftsempfängen, keinesfalls dürfte ich die weglassen, die Enttäuschung in der internationalen Gemeinschaft werde grenzenlos sein, Sie wissen ja, wie nachtragend die Gemeinschaft ist, besonders die internationale.

Mit anderen Worten: Wenn ich die Einheitswürste weglieβ, könnte ich direkt wieder meine Sachen packen.

Noch viel aufreibender als die Gespräche über das Grillen waren jene über die Hymne.

»Eingespielt von CD?«

»Zu lieblos.«

»Gesungen?«

»Von wem?«

»Vielleicht jemanden einfliegen?«

»Nur für die Hymne?«

»Nein, für die Gäste.«

Allerdings, das sagte man mir sofort: »Wenn jemand eine Einladung hierher bekommt, hofft er eh, dass es am Ende nicht klappt.«

Es war zum Verrücktwerden.

Es sei halt scheißweit, sechzehn Stunden Flug, nur um für ein paar Kröten die Hymne zu singen. Klimatechnisch könne man das kaum mehr vertreten. Gerade die Künstler bestünden jetzt alle auf dem CO_2-Ausgleich.

»Der ist bei dieser Strecke höher als das Honorar, das sage ich Ihnen.«

Ich nickte und machte mir Notizen. Langsam bekam ich richtig Lust, dass das eine legendäre Party wurde.

»Mit Kapelle?«, fragte ich und überlegte, wen ich einladen könnte, es musste doch Musiker geben, die Lust hatten auf das andere Ende der Welt und für die ein paar Kröten, wie mein Leiter Kultur sich ausdrückte, immer noch Geld waren. Berlin war voll von diesen Leuten.

»Zu teuer«, sagte er. »Jahresbudget.«

Aber es lebe hier seit Kurzem ein wirklich guter Kontrabassist. Sehr renommiert, Preise und so. Allerdings politisch, nun ja, schwierig. Er sei ausgewandert, lebe hier quasi im Exil.

»Wegen der Liebe?«, fragte ich. Weil es am Ende doch meistens die Liebe war, die Menschen noch in Bewegung versetzte. Die Liebe oder die Verzweiflung über ein gescheitertes Leben, nicht selten fiel beides zusammen.

»Nein, wegen der Muslime.«

»Aber es gibt hier doch gar keine Muslime.«

»Eben«, sagte die Kultur. »Deutschland ist zu einem islamischen Land geworden, behauptet er, kurz vor der Scharia. Und da ist er kurzerhand ausgewandert. Ein Lebensabend ganz ohne Muslime.«

»Alles, nur kein Nazi auf einer Botschaftsfeier«, sagte ich.

»Er ist kein Nazi, er ist Kontrabassist.«

»Auf keinen Fall.«

Die Kultur nickte und strich den Namen auf seiner Liste durch.

»Ja«, sagte er, »dann wird es schwierig.«

»Wollen Sie sagen, wir haben hier nur Nazis im Exil?«

»Nun, Geschichte wiederholt sich.«

»Nein, Geschichte reimt sich. Alles kommt wieder, alles ein wenig anders als zuvor. Aber nichts wiederholt sich.«

»Wie Sie meinen.«

Die Kultur starrte aus dem Fenster. Zwischen zwei Palmen übte jemand Seiltanz, und ein Hund pinkelte an die Goethe-Büste auf der anderen Straßenseite.

Er stöhnte leise.

»Es ist nur eine Kopie, wissen Sie, das Original steht in Frankreich. Sie haben nur diese Kopie hier aufgestellt, an die von morgens bis abends die Hunde urinieren. Es kostet mich einiges an Optimismus, das nicht als Metapher zu betrachten.«

»Es ist nur eine Büste«, sagte ich.

Traurig wandte er den Blick auf das Porträt des Bundespräsidenten, das hinter meinem Kopf hing.

»Gehen Sie zu dem Empfang heute Abend?«, fragte er.

Ich nickte.

»Irgendwo ist immer gerade ein Nationalfeiertag, nicht wahr?«

»Das ist leider richtig.«

»Haben Sie dort etwas zu tun? Irgendwelche Treffen?«

»Nein. Ich stehe da rum und bin nur Deutschland.«

»Man geht als Blumentopf, sage ich immer. Ach, diese verdammten Blumentopfabende«, seufzte er und verließ mit müden Schritten mein Büro.

Ich sah auf das schlammige Meer draußen, während der Computer hochfuhr. Es tauchte der gleiche Bildschirm auf wie auf jedem Posten. Egal, wo man saß auf der Welt, der Bildschirm blieb derselbe, diese Oberfläche war mein Zuhause, da konnte vorm Fenster das Paradies sein oder ein bewachter Schutzwall im Irak.

3

Am Nachmittag war ich im Büro des Polizeichefs gewesen, Kontaktaufnahme und Aufbau des Netzwerks, ein Punkt auf meiner Liste, die ich akribisch abhakte. Zur Begrüßung hatte ich ihm eine Solartaschenlampe mit dem Aufdruck meines Heimatlandes überreicht und dabei Haltung zu bewahren versucht. Es war albern, überflüssig und nahezu demütigend, dem Polizeichef eine Taschenlampe zu schenken. Allerdings war die Auswahl bei uns nicht groß, Notizbuch, Plastikfüller oder der Katalog zur aktuellen Bauhaus-Ausstellung. Wir hatten eine so panische Angst davor, auch nur in den Verdacht der Korruption zu geraten, dass wir ausschließlich Geschenke zum Wegwerfen mitbrachten. Der Polizeichef hatte keine Miene verzogen, hinter sich auf den Schreibtisch gegriffen und mir eine gerahmte Willkommens-Urkunde überreicht. Ein stoischer Kerl, dem ein Ohrläppchen fehlte und der, wie eigentlich alle hier, darauf bestand, dass ich ihn duzte. Héctor hatte mir einen Matetee angeboten und mir versprochen, dass wir niemals etwas miteinander zu tun hätten. Die wilden Zeiten seien lange vorbei, sagte er mit einem Stolz, als sei dies sein Verdienst.

Jetzt betrachtete ich die kleine aufgedruckte Flagge, den Schriftzug *Bienvenido a Uruguay* und meinen mit Feder geschriebenen Namen: *Friederike Andermann*. So stand er in meinen Pässen, doch für alle, die mich kannten, war ich Fred, schon immer. Auch wenn der Name in meiner Kindheit, als ich noch Latzhose und Turnschuhe aus Plastik getragen hatte, vielleicht passender gewesen war als jetzt. In einem knielangen dunkelblauen Rock, mit halb offener Bluse und einem Glas Riesling Hochgewächs von der Mosel, den ich für Empfänge und Anlässe palettenweise zugeschickt bekam, thronte ich in einem Sessel, in dem schon mein Vorgänger und wahrscheinlich auch dessen Vorgänger gesessen hatte. Ein fester cremeweißer Bezug, im Rücken ein steifes Kissen. Mein privater Bereich in der Botschaft sah aus wie jede beliebige Suite im Hilton. Ob die gerahmte Urkunde etwas daran verbessern würde, war fraglich, aber immerhin war sie erheiternder als das aquarellierte Alpenglühen, das ich bei dieser Gelegenheit hatte entfernen lassen.

Ich besaß wenig Gespür für das Private, das Persönliche oder für das, was man gemeinhin gemütlich nannte. Wo ich herkam, war man glücklich, wenn man vier Wände hatte, an die man Raufaser kleben konnte. Die Kollegen im diplomatischen Dienst hatten ihre Ehefrauen, die sich um die Residenz kümmerten, um das Personal und die Einladungen, um Innenausstattung und Deko, um Charity und Kultur. Sie waren klug, gepflegt, manchmal sogar unterhaltsam. Es war nicht bloß eine Generation von Botschaftern, die jetzt in Rente ging, es war auch eine Generation von Ehefrauen, die sich verabschiedete und nicht nachwuchs.

Männer dieser Art brauchte man nicht zu suchen. Wann immer ich einen begleitenden Ehemann kennengelernt hatte, war dieser das Unglück in Person gewesen, ein liebes, versoffenes Etwas, das gut kochte und sich mit Pflanzen auskannte, gern wandern ging, manchmal Klavier spielte und an alldem nach und nach die Lust verlor. Ich wusste nicht, woran es lag, aber im Schatten einer Frau schien jeder Mann zu verkümmern.

Mein Fast-Ehemann war in der Hinsicht sehr vorausschauend gewesen, wir trennten uns während meines ersten Auslandspostens. Er könne kein MAP sein, kein mitausreisender Partner oder wie er vermutete: *man at the pool*. Noch Jahre später stritten wir darüber, wer eigentlich wen verlassen hatte. Verliebt hatten wir uns zu Beginn unseres Jurastudiums, waren noch vor dem Abschluss zusammengezogen, und als wir uns wenige Jahre später die erste Einbauküche leisten konnten, merkten wir, dass unsere Ziele nicht mehr dieselben waren. Er träumte von einer Kanzlei und einem Zuhause mit Vorgarten, ich von der Welt. Er wollte Kinder, ich hatte mir nicht nur die Schuld für meine beiden Fehlgeburten gegeben, sondern insgeheim geglaubt, es sei Absicht gewesen. Ich begann mich für einen schlechten Menschen zu halten, der auf den Wunsch nach Ehe und Familie keine Antwort wusste. In dem Alter, in dem andere Frauen Mütter wurden, wurde ich einsam, und da war es längst zu spät für die Ehe mit einem Diplomaten. Die anderen hatten sich während ihrer Ausbildung kennengelernt, gingen gemeinsam mit den beiden Kindern auf Posten, verbrachten viele Jahre in der Zentrale, und wenn die Erziehung abgeschlossen war, widmeten sich beide vollständig und getrennt ihrem unaufhaltsamen Aufstieg. Sie lebten in verschiedenen Städten und Ländern und erzählten jedem ungefragt, dass sie einander der größte Halt seien. Als Altersruhesitz hatten sie früh ein Haus in Südfrankreich oder der Uckermark erworben, dort würden sie endlich gemeinsam kochen, das würde schön werden, da war sogar ich mir sicher. Es gab Liebe, die so rational war, dass sie durch nichts zerstört werden konnte.

Ich knöpfte meine Bluse zu, stürzte den Riesling hinunter und ging repräsentieren in einem anderen fernen Land, nur vier Straßen weiter in Richtung Westen.

4

Von meiner Sekretärin hatte ich den Plan für die nächste Woche bekommen: Besuch einer Universität, Besuch der Handelskammer, noch mal der verfluchte Caterer, drei Empfänge, eine interdisziplinäre, interkulturelle Lyrik-Tanzperformance im Nationaltheater, finanziert vom Goethe-Institut, und die Einladung der einzigen hier ansässigen deutschen Firma, die Lederbezüge für Autositze herstellte. Eine Werksführung durch Näherei und Stanzteilproduktion, danach gemeinsames Mittagessen und nicht zu vermeidende Gespräche über geplante Erweiterungen, Förderprogramme, Steuererleichterungen. »Wenigstens keine Rede vor der Belegschaft«, sagte die Wirtschaft.

Er hatte mir ein paar Daten zusammengefasst, und gemeinsam klickten wir uns durch die Homepage, sahen aufgeräumte Hallen, von deren Decken Lederlappen hingen wie Tiere im Schlachthof. Während ich las, dass dort *Interieurlösungen für das mobile Leben* entwickelt würden und die Firma ein verlässlicher Partner sei für die *Wünsche und Anforderungen der Zeit*, klingelte das Telefon.

Meine Sekretärin sagte, dass sie da eine Mutter in der Leitung habe. Für eine Mutter in der Leitung gab es immer und überall nur einen Grundsatz: Beruhigen. Selbstverständlich ohne dieses Wort in den Mund zu nehmen, niemals zum Beispiel sagen, sie könne ganz beruhigt sein, was ja grundsätzlich eine Lüge darstellte, nur die stumpfsinnigsten Optimisten waren heutzutage noch beruhigt. Das war ein Wort, bei dem drei Viertel aller Menschen und hundert Prozent aller Mütter an die Decke gingen oder sich in Tränen auflösten. Wie meine Sekretärin mir mitteilte, war dieser Zustand bereits erreicht.

Ich schickte die Wirtschaft hinaus, mit diesem lang geübten, mittlerweile überzeugenden Nicken, das keinen Widerspruch duldete und nichts anderes bedeutete, als dass ich davon ausging, dass die Dinge liefen. Dann ließ ich den Anruf durchstellen, vorbereitet auf eine schrille, aufgeweichte Stimme, die in unzusammenhängenden Sätzen sprach. Wie sich zu meiner Überraschung herausstellte, ein Irrtum. Am anderen Ende hörte ich eine Frau, die die Kontrolle in Person war. Ich griff nach Stift und Papier. Wenn man es mit Menschen zu tun bekam, die beim unteren Personal auf Emotionen spielten und in der oberen Etage die Harten gaben, musste man sich in Acht nehmen. Die Art, wie sie ihren Namen nannte, machte deutlich, dass sie erwartete, ich würde ihn kennen. Was ich auch tat, bloß kam ich nicht drauf. Die sogenannten bekannten Namen konnte ich mir immer schlechter merken.

Nüchtern wie eine Pressesprecherin erzählte sie mir vom Verschwinden ihrer Tochter, die einen Monat lang den Kontinent bereiste.

Ich wollte wissen, ob sie hier Urlaub machte.

Der bekannte Name sagte, ihre Tochter mache niemals Urlaub, sie sei Reisejournalistin.

»In wessen Auftrag?«, fragte ich.

»Meine Tochter braucht keinen Auftrag, um zu berichten.«

Keinen Auftrag zu brauchen, hieß vor allem, kein Geld zu brauchen, dachte ich und fragte, ob sie also selbstständig sei.

»Das können Sie wohl sagen!«

»Das heißt, Ihre Tochter hat alles selbstständig gebucht, es gibt keine Redaktion und keinen Reiseveranstalter?«

»Meine Tochter hat überhaupt nichts gebucht. Sie ist auf der Suche.«

»Nach was?«

»Sind wir nicht alle auf der Suche?«

»Wann haben Sie denn das letzte Mal von ihr gehört?«

»Gestern, um 13:14 Uhr«, sagte sie.

»Woher wissen Sie das so genau?«

»Weil die Uhrzeit immer dabeisteht.«

»Das ist vierundzwanzig Stunden her. Ihre Tochter meldet sich also regelmäßig bei Ihnen?«

»Nein«, sagte der bekannte Name. »Sie meldet sich nie bei mir.«

»Aber wie haben Sie dann von ihr gehört?«

»Eine Mutter spürt, wenn ihrem Kind etwas zugestoßen ist. Haben Sie Kinder, Frau Andermann?«

»Nein, leider nicht.«

Ich sagte an dieser Stelle immer leider. Gegenüber Müttern stand man besser als gescheiterte Frau da denn als egoistische Karrieristin, auch wenn nichts von beidem zutreffend war.

Die Mutter sagte, Tamara habe seit vierundzwanzig Stunden nichts gepostet. Ihr letztes Foto habe sie in einem Irish Pub in Hafennähe gemacht.

»Ich erwarte, dass Sie etwas unternehmen, Frau Andermann.«

Damit verschwand sie aus der Leitung, zum Abschied nichts
als ein Befehl.

Ich googelte ihren Namen und rief dann umgehend den
Polizeichef an, der versprochen hatte, dass wir nichts miteinander zu tun haben würden.

5

Ich saß an einem runden, weiß glänzenden Tresen und blickte in die Lobby des Hotels Carrasco, in der sich angeblich schon Albert Einstein erholt hatte. Ein Ort, den ich aus purer Verzweiflung vorgeschlagen hatte. Fußläufig zu meiner Residenz, eine Bar, in der ich einen Macallan bekam, den ich schätzen gelernt hatte und nur zu besonderen Anlässen trank. Ein Whisky, der die Gedanken aufräumte.

Deutsche Touristen waren ein Elend. Ließen sich schon im Taxi das Portemonnaie abnehmen, ritten auf dem Esel durch IS-Gebiete, checkten mit einem Rucksack voller Drogen für ihren Rückflug ein oder schlenderten mit einer Rolex am Handgelenk durch irgendeine Favela, um am Ende dann verzweifelt unsere Notfallnummer anzutelefonieren. Jetzt war ein Instagram-Star in einem Irish Pub abgestürzt, und der Name ihrer Mutter stand regelmäßig in der Zeitung, hinten im Impressum. Sie war eine der Herausgeberinnen, hatte diesen Posten quasi geerbt von ihrem Mann, der *Die Woche* einst gegründet und innerhalb weniger Jahre zu einem der einflussreichsten Nachrichtenmagazine aufgebaut hatte. Ein Kunstsammler und Tyrann, hochintelligent, schlagfertig, charismatisch, steinreich.

Es machte wenig, dass sich Journalismus und Auflagenzahlen im freien Fall befanden, das Geld steckte längst woanders, und trotzdem war eine Macht, die bröckelte, immer auch unberechenbar.

Ausgerechnet ein Irish Pub, dachte ich, ein Ort, den es überall gab, der überall gleich aussah und nie von einem Iren betrieben wurde. Ein Ort, an dem sich die Gestrandeten trafen, an dem man vergaß, wo man war, und zwar schon beim Reingehen, nicht erst im Verlauf des Abends. Ein Irish Pub versprach so viel Heimat wie eine McDonald's-Filiale. Welcher Idiot flog auf die andere Seite der Welt, um sich dann in einem Irish Pub zu amüsieren? Diese Sehnsucht nach Heimat in der Fremde hatte ich nie verstanden. Dann sollte man doch zu Hause bleiben.

Ich sah, wie der Polizeichef, Héctor, die Tür aufstieß und über den Marmorboden auf mich zugestapft kam.

»Das nächste Mal suche ich die Bar aus«, schimpfte er zur Begrüßung, wuchtete sich auf den Hocker neben mir und sah sich um. Sein Blick streifte die Samtvorhänge und Säulen, bevor er an den zwei schwarzen, makellos gebauten Pferden neben dem Eingang hängen blieb. Raumgreifende, maßlose, auf elegante Art vollkommen absurde Objekte, auf deren Köpfen eine Schirmlampe saß.

»Was sind das für alberne Pferde?«, fragte Héctor.

»Aus Schweden«, sagte ich und erzählte ihm, wie sehr ich diese Tiere mochte, seit ich der Designerin bei einer Feier in der schwedischen Botschaft begegnet war. Sie schien seit Jahren darüber zu lachen, dass sich etliche Luxushotels ihre Pferdelampe in die Lobby stellten. Ein Witz war das anfangs gewesen, hatte sie erzählt, und so wie die Pferde sich in den Lobbys vermehrten, kam sie aus dem Lachen wahrscheinlich gar nicht mehr heraus.

»Diese Designerin besitzt einen äußerst rentablen Humor«, sagte Héctor und bestellte sich ein Glas Tannat, was seiner Meinung nach nicht nur der beste Rotwein Uruguays, sondern der ganzen Welt war.

Wir sahen uns auf Instagram die Bilder von Tamara Büscher an. Sie bewegte sich in einer enormen Geschwindigkeit durch den Kontinent, in keinem Land schien sie länger als drei oder vier Tage zu bleiben, und fotografierte dabei vor allem sich selbst. Gesehen hatte sie wahrscheinlich nichts. Wie sollte man auch etwas sehen, wenn man sich immer in die Bildmitte stellte. Für diese Frau schien alles bloß Kulisse zu sein. Sie besaß die glatte Schönheit der Vermögenden und die damit einhergehende Selbstverständlichkeit, dass ihr die Welt offenstand. In ihrem Gesicht ein Ausdruck von Unbekümmertheit, den ich schwer aushielt. Alles an diesen Bildern hielt ich schwer aus. Ich schämte mich dafür, hatte mich schon immer dafür geschämt, für meine regelrechte Verachtung gegenüber Kindern reicher Leute.

Héctor verstand sofort, dass meine Sorge mehr der Mutter als der Tochter galt. Auch für ihn gehörten Geld und Presse zu den furchterregendsten Kombinationen.

»Vierundzwanzig Stunden sind keine Zeit, Freda«, sagte er. »Schon gar nicht hier. In vierundzwanzig Stunden, da hat man gerade mal seinen Tee getrunken, manche haben ihn gerade erst aufgesetzt.«

Er sah nochmals auf die Bilder, trank mit einem Schluck sein halbes Glas leer und war sicher, dass Tamara sich irgendwo amüsierte.

»Sie ist jung«, sagte er. »Sie ist hübsch und sie trägt keinen Ehering. Vielleicht hat sie endlich mal Besseres zu tun, als an ihrem Handy zu kleben. Ich würde es ihr wünschen.«

Und dann lobte Héctor die Liebenswürdigkeit der hiesigen Männer. »Für Machismo viel zu faul«, sagte er, und dass ich doch wisse, wir säßen in einem der sichersten Länder der Welt, vielleicht nicht gerade die Schweiz, aber fast. Je länger er sprach, desto mehr echauffierte er sich über den Rassismus, der in dieser mütterlichen Sorge steckte, darüber, sagte er, wie sie den gesamten Kontinent über einen Kamm schor.

»Wir sind hier schließlich nicht in Argentinien.«

»Es gibt nirgendwo auf der Welt Sicherheit«, entgegnete ich und konnte nicht anders, als auf sein abgerissenes Ohrläppchen zu starren.

Nach einem Seufzen, in dem die Vergeblichkeit eines gesamten Lebens Platz fand, sagte Héctor, ich solle der Mutter ausrichten, sie würden sich kümmern. »Ich gehe mal in diesem schäbigen Irish Pub ein Bier trinken.«

Er stürzte seinen restlichen Wein herunter, klopfte mir auf die Schulter und verließ mit lärmenden Schritten die Bar. Ich sah ihn an den Pferden vorbei nach draußen gehen, blickte auf den letzten Tropfen in meinem Glas, was ein trauriger Anblick war, wie überhaupt der gesamte Ort eine tiefe Melancholie verströmte. Ich war der einzige Gast, und wahrscheinlich polierte der Barmann den ganzen Abend den Tresen, bis er um Mitternacht die Lichter ausschaltete. Gerade wollte ich die Rechnung verlangen, als mein Telefon klingelte.

»Na, Frau Botschafterin, wie geht's?«

Ich wusste bei Philipp immer noch nicht, ob es ihn freute oder er sich darüber amüsierte, dass ich nun auf diesem Posten saß. Er war derart flexibel, dass ich mir bis heute nicht sicher war, ob er überhaupt eine eigene Haltung hatte. In Berlin galt er dank dieser Wendigkeit als einer der fähigsten Diplomaten, dazu Nerven aus Stahl, ein Meister der strategischen Geduld und niemals offen an der eigenen Macht interessiert. Er war genau der Mann, den die Zentrale sich wünschte. Die letzten zwei Jahre hatten wir es gemeinsam in Bagdad ausgehalten, einer Stadt, von der wir kaum etwas gesehen hatten, eingeschlossen in unsere gesicherten Büros, vor den gepanzerten Scheiben nichts als Stacheldraht.

Ich wusste nicht, wo ich anfangen sollte.

»Ich muss meinen ersten Dritten Oktober ausrichten«, begann ich.

»Da gibt es nur drei Regeln: gutes Essen, gute Musik, gutes Wetter. Ansonsten machst du das, von dem die Leute denken, dass wir das am besten können: lachen, lügen, Lachs fressen.«

»Es gibt Würste von einer deutschen Manufaktur«, sagte ich.

»Ah, unelegant.«

»Bodenständig.«

»Seit wann lieben die Leute eigentlich das Rustikale wieder so?«, fragte er, als würde ihn das wirklich beschäftigen.

»Seit dem Klimawandel?«

»Den würde ich bei der Eröffnung des Grill-Büfetts unerwähnt lassen.«

»Unbedingt.«

»Lass das deinen Stellvertreter machen, Fred.«

»Was, das Büfett eröffnen?«

»Den ganzen Catering-Quatsch. Du bist die Botschafterin. Du musst nicht jedes Würstchen selbst aussuchen. Dein zweiter Mann soll sich darum kümmern.«

»Der hat Burn-out.«

Philipp lachte. »Was machst du bloß mit deinen Stellvertretern?«

»Wie, was ich mache? Der letzte hatte eine Hornhautentzündung.«

»Er wäre fast erblindet«, wandte Philipp ein.

»Es ist keine Seltenheit, dass die Leute in der Visastelle erblinden«, sagte ich. »Hängt immer mit der Bezahlung zusammen.«

Als damals die ersten Bestechungsgerüchte gegen meinen Stellvertreter auftauchten, hatte er sich krankgemeldet, und ich musste auch jetzt noch zugeben, dass die Wahl seiner Krankheit ein verblüffendes Gespür für Komik erahnen ließ.

»Ach, Fred, du fehlst mir«, säuselte er.

»Heute Morgen rief mich Elke Büscher an«, sagte ich.

»Elke Büscher? Warum?« Philipp war sofort hellwach.

»Sie meint, ihre Tochter sei verschwunden.«

»Was heißt: Sie meint?«

»Die Tochter hat seit über einem Tag kein Lebenszeichen von sich gegeben, über ihren Instagram-Account.«

»Hast du die Zentrale informiert?«, fragte er.

»Nein, noch nicht.«

»Fred, ruf im Krisenzentrum an!«

»Wir sind doch nicht ihre Privatdetektei«, gab ich genervt zurück.

»CYA«, sagte er nur.

Das war der Ratschlag, den ich von Philipp immer wieder bekam, *cover your ass.* Er war das beste Beispiel dafür, wie weit man kommen konnte, wenn man diese erste diplomatische Devise beherzigte. Auf wundersame Weise war er am Ende nie für irgendetwas verantwortlich, und dafür schickte man ihn jetzt zu den Vereinten Nationen.

»Ich rufe morgen früh an. Die halten mich doch für hysterisch. Eine Touristin hat seit vierundzwanzig Stunden nichts gepostet, zuletzt hat sie sich und ihr Bier in einem Irish Pub fotografiert.«

»Es handelt sich um die Tochter von der Büscher, und die Büscher macht alle hysterisch. Das ist ihr einziger Job, Leute aufscheuchen. Schade um die Zeitung, aber diesen Job macht sie gut.«

»Du meinst, ich soll einfach mitspielen?«

»Ja, Fred, manchmal ist es besser mitzuspielen, wenn du mich fragst, eigentlich immer.«

6

Noch am selben Abend schickte ich einen Bericht nach Berlin, drei neutrale Sätze, in denen ich auf das mögliche Verschwinden einer deutschen Touristin hinwies. Ich erwähnte ihre Prominenz, ohne jede Wertung. Acht vorbildliche Zeilen, ohne eine persönliche Einschätzung, was dann auch das einzig Auffällige an dieser Korrespondenz war. CYA in Reinform.

Mit diesem Gedanken nahm ich die zu Schwänen gerollten Handtücher vom Bett, legte mich hin und strampelte die Decken frei. Jeden Abend sah es hier aus, als hätte ich gerade für eine Nacht eingecheckt. Auch Valentina hatte ich übernommen, und ich wusste nicht, ob ich es war, die sie einschüchterte, oder ob ich nur die Folgen meines Vorgängers zu ertragen hatte. Dem Personal zu sagen, dass es bitte weniger tun sollte, gehörte zu den aussichtslosesten Vorhaben überhaupt. Da konnte man genauso gut jemandem ins Gesicht brüllen, dass er sich endlich mal entspannen sollte.

Hätte ich gewusst, was mich in dieser Nacht erwartete, wäre ich wach am Tisch sitzen geblieben.

Das erste Mal riss mich ein Wadenkrampf aus dem Schlaf.

Das zweite Mal ein lächerlicher Albtraum, der noch dazu

längst zu einem Standard geworden war. Früher hatte er mich alle paar Monate heimgesucht, inzwischen nur noch alle paar Jahre. Ich bin wieder achtundzwanzig, stehe vor der Prüfungskommission und höre immer nur dieselbe Frage: Sie bekommen beim Besuch einer afrikanischen Provinz ein Leopardenfell geschenkt. Was tun Sie?

Ich darf es nicht annehmen, das gilt für alle Geschenke über fünfundzwanzig Euro, und ich kann es nicht ablehnen, das wäre eine Beleidigung. Ich selbst habe nur einen Plastikfüller als Präsent, was ist das im Vergleich zu einem Leopardenfell, im schlimmsten Fall selbst geschossen und abgezogen? Was ist mit dem Artenschutz? Muss ich das melden? Ich habe mehr Fragen als Antworten, ich habe plötzlich überhaupt nur noch Fragen, aber die Kommission hat nur diese einzige: Was tun Sie? Und dann stopft man mir das Fell in den Mund, ich kann nicht sprechen, nicht atmen, ich schmecke Haut und Blut. Was tun Sie? Ich sehe einen gehäuteten Leoparden auf mich zuspringen und wache auf.

Diesen Traum kannte ich auswendig, nicht mal im Schlaf war ich überrascht, bloß noch genervt.

Das dritte Mal klingelte mein Telefon. Wenn nachts jemand anrief, war es entweder meine Mutter, die vergessen hatte, dass es Zeitzonen gab und eine Welt außerhalb ihrer eigenen überhaupt möglich war, oder etwas, was ich gar nicht erst wissen wollte. Gute Nachrichten kamen nie in der Nacht.

Es war mein Leiter Kultur, der hellwach, aber verwirrt klang. In dieser Nacht hatte er Bereitschaftsdienst, was nichts weiter hieß, als dass der Schlaf besser ein nüchterner war und das Telefon neben dem Bett lag. Zum ersten Mal, seit er hier war, hatte es tatsächlich geklingelt. Er habe kaum etwas verstanden, sagte er, die Verbindung sei miserabel gewesen, der Anrufer möglicherweise betrunken, die Sätze hätten schwammig geklungen, umso deutlicher stach allerdings die Behauptung heraus, er habe eine deutsche Frau entführt.

»Wir müssen«, sagte die Kultur, »bis auf Weiteres davon ausgehen, dass es sich hier nicht um einen üblen Scherz handelt. Persönlich halte ich die Sache für einen Witz, aber professionell müssen wir das ernst nehmen.«

»Hat er irgendwelche Forderungen genannt?«, fragte ich.

»Nein, zumindest habe ich keine verstanden.«

»Irgendeinen Namen, eine Organisation?«, hakte ich nach.

»Nein, nichts dergleichen. Auch den Namen der Frau hat er nicht genannt.«

»Ich fürchte, ich habe eine Ahnung.«

»Wieso das?«, fragte er ängstlich.

»Tamara Büscher«, sagte ich.

»Gibt es da irgendeine Verwandtschaft mit der großen Büscher?«

»Leider ja. Sie hat mich angerufen, weil sie ihre Tochter vermisst.«

Es wurde still in der Leitung, dieser Moment der Stille, wenn einem das ganze Ausmaß des Elends klar wurde.

»Das ist jetzt aber gar nicht gut«, sagte die Kultur schließlich, und ich nickte stumm.

»Informieren Sie bitte das Krisenreaktionszentrum«, trug ich ihm auf. »Fragen Sie, wie wir weiter vorgehen sollen.«

Er versprach, sich gleich wieder zu melden.

Ich wusste, was jetzt in Berlin passieren würde. Sie würden

den Fall dem Innenministerium melden und das BKA informieren, das Pressereferat vorwarnen, und vor allem würden sie von uns erwarten, die örtlichen Behörden vorerst rauszuhalten. Ruhe bewahren, bis wir wussten, mit wem wir es zu tun hatten. Niemals einer Entscheidung der Zentrale vorgreifen, so stand es in unseren Köpfen geschrieben, manchmal wusste ich selbst nicht, warum ich mich damit so schwertat.

Vor dem Fenster sah ich die Flagge verblichen in der Dämmerung hängen. Es war der erste windstille Morgen, den ich hier erlebte, und ich hätte nicht gedacht, dass ich diesen ewigen Wind derart vermissen würde.

7

»Ist alles in Ordnung mit Ihnen?«

Carlos blickte in den Rückspiegel und sah mich an. Eine Frau, die heute zu viel Make-up trug und nur von ihrem Kostüm zusammengehalten wurde, zusammengerissen eher. Noch nie hatte ich mit meiner Einschätzung so falsch gelegen, am liebsten hätte ich mich selbst geohrfeigt. Und dieses Gegröle gab mir den Rest.

»Carlos, könnten Sie das bitte ausmachen?«

»Sie mögen keine deutsche Musik?«, fragte er ganz unschuldig. »Ich dachte, das könnte Sie aufheitern.«

Ich schüttelte nur den Kopf.

»Sie sehen, entschuldigen Sie, Frau Botschafterin, aber Sie sehen heute irgendwie aus wie ein unglücklicher Hund.«

»Vielen Dank, Carlos. Es tut gut, das zu hören.«

Endlich schaltete er den Lärm aus, nicht ohne einen Seufzer.

»Helene Fischer ist die Größte«, sagte er. »Ich liebe sie.«

In den letzten Jahren hatte ich Leibwächter in gepanzerten Limousinen sitzen sehen, die ihre Lieder lauthals mitsangen. Von den internen Botschaftsfeiern ganz zu schweigen. Es gab manches an der deutschen Heimat, das mit beschämenden

Qualen verbunden war, die meisten davon hatte ich erst im Ausland richtig kennengelernt. Und ich musste zugeben, dass es mir schwerfiel, Personal zu trauen, das jede Zeile von »Atemlos« mitsingen konnte.

Vor uns öffnete sich die Schranke, und als ich aus dem Wagen stieg, hörte ich Carlos sagen: »Sie schaffen das, Exzellenz, Sie schaffen das alles.«

Ich hatte Folgendes gelernt: Wann immer die Leute dachten, dass man alles hinbekam, half einem am Ende keine Sau.

Im Konferenzraum saßen sie schon zusammen, sieben Lokale und sechs Entsandte, der siebte lag mit Burn-out zu Hause, und niemand traute sich, in sein Chivito zu beißen. Ich stand vor ihnen und fasste kurz zusammen, was wir wussten. Eine Mutter, die ihre Tochter vermisste, und ein nächtlicher Anrufer, der behauptete, eine junge Deutsche entführt zu haben, aber weder Namen noch Forderungen nannte.

Da der Anruf über den Notruf der Botschaft eingegangen war, ging ich davon aus, dass unser Kontakt es noch einmal über die offizielle Nummer versuchen würde. In diesem Fall bat ich darum, das Gespräch durchzustellen und aufzuzeichnen.

Ich blickte in stumme Gesichter, irgendwo ein Kritzeln auf Papier, geschäftiges Tippen auf einem Handy, ein erstes Kopfschütteln.

»Dafür fehlen uns die technischen Möglichkeiten«, sagte die Technik. »Wir haben hier noch nie ein Gespräch aufgezeichnet.«

»Jeder kann Telefongespräche aufzeichnen«, erwiderte ich. »Das muss doch möglich sein. Ansonsten stellen Sie den Anruf auf mein Handy um.«

»Ja, das sollte gehen«, sagte die Technik. Er zog Matetee durch seine Bombilla.

»Die letzte Entführung hatten wir hier vor fünfzig Jahren«, erinnerte sich die Verwaltung und schien dabei ganz wehmütig.

Es war damals die Hochzeit der Stadtguerilla, von denen einer es später bis zum Präsidenten schaffte, wahrscheinlich zum beliebtesten des gesamten Kontinents.

»Ich würde mich wundern, wenn wir es hier mit einer politischen Entführung zu tun hätten«, sagte ich.

»Es geht eh nur noch ums Geld«, erwiderte die Kultur, bevor er als Erster in sein Chivito biss.

»Nein, das tut es nicht. Für uns jedenfalls nicht. Es geht darum, Menschenleben zu retten.«

Mit vollem Mund starrte er mich an.

»Wir werden alles Weitere mit der Zentrale besprechen.« Ich bat um die übliche Verschwiegenheit und verließ den Raum.

In meinem Büro empfing mich nichts als Schweigen, am lautesten schwieg der Bundespräsident in seinem Rahmen, ein vorwurfsvolles Schweigen in Hochglanz, und Berlin wartete ab, in voller Alarmbereitschaft. Ich durfte hier nicht scheitern, niemand scheiterte in Uruguay, erst recht nicht wegen eines verwöhnten Mädchens, das glaubte, ihm gehöre die Welt.

Dieses Warten war der schlimmste Stresszustand. Da unterschied sich das Berufliche nicht vom Privaten, ein schweigendes Telefon konnte mich rasend machen. Und so raste ich durch das Büro, raste durch Nachrichten und Möglichkeiten, durch Tamaras Instagram-Account und über Landkarten, durch Worst-Case-Szenarien und schließlich in die Ciudad Vieja.

8

Ich lief durch die Straßen, als könnte ich sie hier finden, sitzend auf einer Bank, mit einem Fremden über ihren Scherz lachend, mit einem Bier vor der Kneipe stehend. Ich würde sie am Arm packen, in den nächsten Flieger nach Deutschland setzen und in Ruhe meinen Dritten Oktober ausrichten. Das war es, was ich wollte, inzwischen. Doch überall nur Art déco, Cafés und Idylle. Nirgends eine Tamara. Der Staub der Platanen brannte in den Augen. Ich warf einen Blick in den Starbucks, denn wer in einem Irish Pub saß, trank wahrscheinlich auch hier seinen Kaffee. In der Stadt gab es seit Kurzem eine erste Filiale, und alle stürmten hin, als fühlten sie sich endlich aufgenommen in die Weltgemeinschaft. Direkt daneben das Einkaufszentrum, das früher das größte Gefängnis der Stadt gewesen war, kaum ein Oppositioneller, der nicht dort eingesperrt gewesen wäre, wo heute Turnschuhe und Unterhosen verkauft wurden. Statt Knast jetzt Kapitalismus, manche Kämpfe ließen sich nicht gewinnen.

Weiter über die Plaza Independencia, die nur auf Fotos beeindrucken konnte, hinein in die kleinen Straßen der Altstadt, in denen tagsüber das Vergnügen herrschte und nachts die Armut zurückkehrte. Wenn sich die Türen der Bars und Restaurants schlossen, füllten sich die Hauseingänge wieder mit den Vertriebenen, die auf den Stufen ihr Paco rauchten, ein schäbiges Abfallprodukt der Kokainherstellung. Sie inhalierten, was an Dreck übrig blieb, verloren Zähne und Verstand, und wenn die Sonne aufging, waren sie verschwunden.

Ich umkreiste mein Ziel, das einzige, das ich sehen konnte, während alles andere in Unschärfe und Zweifel verschwand. Erst als ich ankam, erkannte ich die Sinnlosigkeit, den berühmten blinden Aktionismus. Ich blickte durch das Fenster des Pubs, drinnen holzige Dunkelheit und bunte Bierwimpel, hinter dem Tresen reihten sich Zapfhähne aneinander, an einem Tisch saßen zwei Jungs bei Guinness und Pommes. Wie oft hatte ich früher geglaubt, in solchen Kneipen sitzen zu müssen, zusammen mit den Entsandten der anderen Botschaften, sie nannten es Networking und hatten im Grunde nur Angst vor den eigenen, leeren Apartments.

Ich sah mich in dem Lokal um, verglich es mit dem Instagram-Post von Tamara, die entspannt auf der kleinen, leeren Bühne gesessen hatte, nur ihr Kopf, der an einem Verstärker lehnte, war zu sehen, und das Bier, das sie in die Kamera hielt, mit dem Namen Bizarra. Auf dem Etikett die Zeichnung einer Frau, die kopfüber am Trapez schaukelte.

In meiner Hand klingelte das Telefon, schmerzhaft laut, wie mir schien, umso leiser die Stimme meiner Sekretärin, die mir mitteilte, dass er eben angerufen habe.

Warum er nicht sofort zu mir durchgestellt worden sei, wollte ich wissen.

»Das hat irgendwie nicht geklappt«, erklärte sie. Sie habe

auch nicht das Gefühl gehabt, dass er überhaupt durchgestellt werden wollte.

»Schicken Sie mir bitte das Gespräch«, sagte ich, doch diesen Satz ignorierte sie vollkommen.

»Wir haben den Namen der Entführten«, sagte sie stattdessen. »Tamara Büscher. Die Ausweisnummer haben wir auch.«

»Vielleicht hat er sonst nichts von ihr«, hoffte ich, »nur ihr Portemonnaie.«

»Sie hat uns Namen und Nummer selbst mitgeteilt«, erwiderte meine Sekretärin erschöpft.

»Wie klang sie?«, fragte ich und versuchte dabei einen pragmatischen Ton zu finden, der Routine vortäuschte. Als gehörten Entführungen für mich zum Tagesgeschäft.

Meine Sekretärin schwieg eine Weile, musste offenbar jedes einzelne Wort ordnen.

»Lassen Sie mich raten«, sagte ich. »Sie klang ruhig und gefasst.«

»Es war unheimlich«, gab sie zu. »Ihre Stimme hörte sich an, als würde sie ein Visum beantragen.«

»Wenigstens kommt sie nicht um vor Angst«, sagte ich.

»Aber ich weiß nicht, ob das gut ist oder schlecht.«

Ich vermutete, dass Tamara zu der Sorte Mensch gehörte, die glaubte, aus jeder Misere gerettet zu werden. Sie war eine, für die es immer ein Happy End gab, sie musste nur lang genug warten oder laut genug schreien.

Zum ersten Mal hörte ich, wie meine Sekretärin sich eine Zigarette anzündete. Bis jetzt hatte ich nicht mal gewusst, dass sie rauchte.

»Hat er Forderungen genannt?«, fragte ich.

»Er will sein Kind sehen.«

»Was?«

»Seinen Sohn, er lebt mit seiner Mutter in Deutschland. Sie verweigert jeden Kontakt.«

Jetzt war ich diejenige, die schwieg.

»Ja«, fuhr meine Sekretärin fort, »er hat uns die Namen genannt.«

»Das heißt, wir kennen auch seinen Namen?«

»Richtig. Und ich weiß schon wieder nicht, ob das gut ist oder schlecht.«

»Warum fliegt er nicht einfach hin?«

»Das wissen wir bisher nicht.«

»Ich komme sofort, wir brauchen eine Konferenz mit dem Krisenreaktionszentrum.«

»Wird gerade vorbereitet.«

»Hat er sonst noch was gesagt?«

»Er meldet sich in vierundzwanzig Stunden wieder, und ja: keine Polizei.«

Ich legte auf und sah einen Schatten über mir. Keinen, der sich drohend aufbaute, keine dunkle Ahnung, sondern einen, der seelenruhig vor mir stand, in seiner Hand eine Flasche Bizarra. Als ich ihn fragend anblickte, zuckte er mit den Schultern und meinte, er habe doch gesagt, dass er sich den Laden mal ansehen wolle. Natürlich hörte Héctor aufmerksam zu, und er hatte sofort eine Meinung. Das sei keiner von hier, so etwas würde in seinem Land nicht passieren, vollkommen ausgeschlossen. Jeder verdorbene Charakter, sagte er, sei noch immer mit der Fähre aus dem Westen eingereist. Ich solle ihm den Namen geben, sobald ich ihn wisse, dann werde ich schon sehen, wie recht er habe. Mir waren Nationalitäten so egal wie die Ehre, ich wusste nur, wenn diesem Mädchen ein Haar gekrümmt wurde, konnte mich das den Kopf kosten.

»Ich kann jetzt nicht mit dir reden«, sagte ich. »Ich muss los.«

»Keine Polizei, ich weiß, so steht es in jedem Krimi. In Wahrheit schickt ihr eure eigenen Leute, weil ihr unseren nicht traut.«

Héctor trank einen Schluck Bizarra und verzog das Gesicht. »Von Bier versteht diese Tamara auf jeden Fall gar nichts.«

Er stellte die Flasche ab, drehte sich um und hielt mir die Tür auf.

»Ich rufe dich an«, versprach ich und winkte das nächste Taxi heran.

9

Die Konferenz startete auf die Minute pünktlich, und ich sah sie alle zusammen im Ministerium sitzen, als hätte dieser Termin seit Wochen in ihren Kalendern gestanden. Der Krisenbeauftragte, der Staatssekretär, der Leiter des Länderreferats, das Bundeskriminalamt. Ich nickte ihnen über meine Computerkamera zu und wiederholte das wenige, das wir wussten.

Nein, einen Mitschnitt gebe es nicht, sagte ich, und der Leiter des Referats warf in die Runde, dass er sich schon lange dafür einsetze, uns hier technisch besser auszustatten. Spätestens mit dem nächsten Haushalt würden die Mittel zur Verfügung stehen.

Dass er sich derart schützend vor mich stellte, hatte ich nicht erwartet. Frauen wie ich standen unter keinem Schutz. Der kleinste Fehler konnte zum Verhängnis werden, hatte ich geglaubt, insbesondere bei mir, die ich mich ehrgeizig nach oben gearbeitet hatte, und nun wurde ein großer Fehler auf eine so beiläufige Art weggewischt, wie ich es nur aus Männerkreisen kannte, und das auch nur vom Hörensagen. Man war ja nie dabei. Aber jetzt saßen wir hier alle, unschuldig und geduldig. Wir kannten keine Panik, wir waren Beamte.

Das BKA hatte die Daten überprüft, und die Neuigkeiten hätten Héctor zum Lächeln gebracht. Der Mann war tatsächlich Argentinier, sechsunddreißig Jahre alt, sein Name bereits in der Datei. In Deutschland lag ein Haftbefehl gegen ihn vor, körperliche Misshandlung und Drogenhandel. Ich schloss kurz die Augen.

Mir war die Politik stets lieber gewesen als das Persönliche. Ich hätte eine Rebellengruppe vorgezogen, stattdessen bekam ich einen Ex-Ehemann und Vater, der auf sein Recht zu lieben bestand, und das war es, was mir Angst machte. Wie viel Vernunft steckte in einem zurückgewiesenen Mann, wie weit kam man mit Verhandlungen, wenn man es auf der anderen Seite mit verletzten Gefühlen zu tun hatte? Wie viel Verstand ließ die schlimmste Kränkung übrig? Was tat man, wenn Geld nicht half, und ab welcher Summe half es doch?

Offiziell zahlten wir nie, inoffiziell fast immer, die Summen blieben streng geheim, kein Staat wollte seinen Bürgern ein Preisschild auf die Stirn kleben. Auch jetzt sprach niemand von Geld, es zischten nur Fragen durch die Leitungen.

Wo fand die Entführung statt? Hat der Entführer Komplizen? Wo befindet er sich jetzt? Haben wir Hinweise auf den Ort? Handelt es sich um zugängliches Gebiet? Wir brauchen Landkarten, Satellitenbilder. Hat der Mann eine Frist genannt? Sind die Behörden des Gastlandes vertrauenswürdig? Könnte ein Brief oder Anruf des Außenministers hilfreich sein? Sollen wir eine Einheit der GSG-9 schicken? Und die eine Frage, auf die wir die Antwort schon kannten: Wer ist die Entführte?

»Wurde die Mutter schon informiert?«, fragte ich.

»Ein Psychologe ist bei ihr«, sagte das Krisenzentrum. »Sie ist zusammengeklappt. Hat erst vor einem Jahr ihren Mann verloren, und jetzt das.«

»Mal nicht so pessimistisch«, warf das BKA ein, doch niemand reagierte, vor allem das Krisenzentrum nicht. Es ging prinzipiell darum, sich auf das Schlimmste vorzubereiten, und das Schlimmste, was passieren konnte, waren deutsche Opfer.

»Frau Büscher sagte uns, sie habe Sie bereits gestern informiert«, fuhr das Krisenzentrum fort.

»Sie rief mich gestern an, um mir zu sagen, dass ihre Tochter seit vierundzwanzig Stunden nichts gepostet hat. Sie machte sich Sorgen.«

»Warum wissen wir davon nichts?«, fragte das Länderreferat.

»Ich habe Ihnen gestern Nacht einen Bericht geschickt«, sagte ich.

»Der hier allerdings ohne jede Dringlichkeit eingegangen ist.«

»Eine Tochter hatte seit einem Tag kein Foto ins Netz gestellt, das war für mich kein Grund für eine hohe Priorität.«

»Es ist die Tochter von der Büscher, verdammt noch mal! Damit haben wir die gesamte Presse am Hals, da können Sie morgen Abend ein Empfangskomitee zum Flughafen schicken, Frau Andermann!«

Ich verstand: Erst schützen, dann ausliefern. Eine beliebte Taktik, nichts hatte sich also geändert. Mich überraschte lediglich die Geschwindigkeit des Rückfalls.

»Sie hat ausdrücklich darum gebeten, dass die Presse rausgehalten wird«, beruhigte das Krisenzentrum.

»Sie will es exklusiv«, vermutete der Staatssekretär.

»Herrgott, sie ist die Mutter!«

Zum ersten Mal sah ich beim Leiter des Krisenzentrums eine Reaktion, die nah an der Panik war. Auch wenn er immer noch von Fakten sprach, so basierten diese inzwischen auf Emotionen, auf Verwandtschaft, einer Sache, die mir immer schon unheimlich gewesen war. Die Familie brachte in den Menschen das Schlimmste hervor, alles unter dem Deckmantel der Liebe. Der Leiter des Krisenzentrums hatte Angst, und diese Angst galt nicht der Familie Büscher, sondern ihm selbst. Sein Stuhl brannte genauso wie meiner.

»Und die Mitherausgeberin einer Zeitung im Sinkflug«, fügte der Staatssekretär hinzu.

Entführungen dieser Liga waren offensichtlich unterhalb seines Niveaus. Er zuckte mit den Schultern, als könnte er da leider nicht helfen.

Wir kehrten zur Checkliste zurück. Solange wir noch eine Checkliste hatten, waren wir nicht verloren, das war etwas zum Festhalten, mit solchen Listen kam man aufrecht durch jede Krise.

»Haben wir inzwischen Kontakt zu der Ex-Frau?«, fragte er, und das BKA verneinte.

»Die Nachbarin sagte, sie sei mit ihrem Sohn im Urlaub, Spanien, wo genau, weiß sie nicht, das Handy ist aus. Wir gehen gerade alle Passagierlisten der vergangenen Woche durch.«

»Wissen wir sonst etwas über sie?«, fragte ich.

»Relativ unauffällig. Arbeitet bei der BVG, Tramfahrerin, lebt in einer Mietwohnung im Wedding. Das einzig Auffällige: Sie war es, die ihren Mann, jetzt Ex-Mann, angezeigt hat.«

»Was sagen die argentinischen Behörden? Wissen die was über ihn?«

»Wir fragen gerade an.«

Über den Bildschirm legte sich eine ratlose Stille.

»Nach dem wenigen, was wir wissen«, sagte das BKA schließlich, »hat er diese Aktion nicht gerade durchgeplant. Der Mann ist kein Profi, leider. Solchen Typen brennen die Sicherungen am schnellsten durch. Wir schicken ein Team mit einem Verhandlungsexperten rüber, und Sie, Frau Andermann, unternehmen bis dahin bitte nichts. Auch kein Kontakt zu den Landesbehörden. Wir müssen deren Zuverlässigkeit noch überprüfen.«

»Ist klar«, sagte ich.

Das Bildfenster schloss sich, und ich legte erschöpft das Headset zur Seite. Es war Nacht geworden, wahrscheinlich bereits die dritte Nacht, die Tamara irgendwo da draußen festgehalten wurde. Hätte ich schneller reagieren müssen, hätte ich anders reagieren müssen, hätte ich irgendetwas tun können, um diese Entführung zu verhindern, sie schneller zu beenden? Hätte ich sofort Alarm geschlagen, säße ich hier jetzt nicht allein, sondern mit einem Team des BKA. Ich wäre für nichts mehr verantwortlich. Andererseits hätte das BKA wohl kaum einen Trupp losgeschickt ohne den Beweis für eine ernsthafte Bedrohung.

Ich blickte auf die Landkarte, neunzehn Departments, nur drei hatte ich bisher besucht. Dieses Land war mir fremd, ich wusste von Schmuggeldörfern an der Grenze und dass man im Norden das Gramm Kokain für sechs Euro bekam, ich wusste von endlosen Stränden und Naturreservaten und fragte mich, wo man sich versteckte, wenn man eine entführte Frau im Gepäck hatte. Wie lange würde er durchhalten? Was konnten wir ihm anbieten? Wie lange würde Tamara durchhalten? Wie viel Zeit blieb uns noch?

Es war still in der Botschaft, draußen saßen der Pförtner und Carlos, der sich von mir nicht nach Hause hatte schicken lassen, drinnen saß ich und starrte auf die Karten. *Sie unternehmen bitte nichts.* Ich wusste nicht, in wie vielen Vor- und Wartezimmern, in wie vielen Fluren und Gängen ich schon in den Schlaf verfallen war, während hinter den Türen die Entscheidungen getroffen wurden. Warterei gepaart mit Anspannung war eine fatale Kombination. Auch jetzt wurde ich von der Erschöpfung verschluckt – und war kurz darauf doch mit dem ersten Klingeln am Telefon.

Berlin hatte die Mutter erreicht. Es hieß, sie sei kooperativ. Wie übrigens die meisten Menschen kooperativ waren, wenn das BKA sich meldete. Das war der gute Teil der Nachricht, der schlechte war, dass die Frau ihren Ex-Mann als drogenabhängig und unkontrollierbar beschrieb. Auf die Frage, ob sie wisse, wo er sich in einem solchen Fall verstecken würde, hatte sie nur geantwortet, er liebe das Meer.

»Wir haben hier über sechshundert Kilometer Küste«, sagte ich.

»Die Karte liegt vor uns«, antwortete das BKA. »Wir schicken Ihnen ein Team, Ankunft morgen später Nachmittag, die genaue Zeit werde ich Ihnen mitteilen. Sorgen Sie bitte dafür, dass ein entsprechender Raum zur Verfügung steht. Ich habe den Kollegen Héctor Martínez informiert und um Unterstützung gebeten.«

Jetzt kommt sie, dachte ich, die Frage, wie es sein konnte, dass Héctor bereits über alles Bescheid wusste. Aber das BKA sagte überhaupt nichts. Vielleicht wollte er mir die Gelegenheit geben, das Thema von mir aus anzusprechen.

»Wie geht es Frau Büscher?«, fragte ich stattdessen.

»Wir mussten sie zur Überwachung in die Klinik bringen. Es sieht so aus, als wäre ihr Körper an Beruhigungsmittel etwas zu gut gewöhnt.«

»Das tut mir leid«, sagte ich.

»Ja, nicht schön«, bestätigte das BKA.

Wie viel Mühe wir uns auch gaben, es verriet doch jede Silbe unsere Erleichterung darüber, dass damit auch die Medien vorerst ruhiggestellt waren.

»Schlafen Sie ein bisschen, Frau Andermann. Ihre Kräfte werden noch gebraucht.«

10

Als wir die Residenz erreichten, griff Carlos auf den Beifahrersitz und hielt eine Tüte hoch.

»Frau Botschafterin«, sagte er, »ich werde jetzt kurz mit
reinkommen, ob Sie wollen oder nicht. Auch eine Frau wie Sie
braucht manchmal einen Mann, der ihr ein Steak in die Pfanne
wirft.«

Fahrer waren der einzige Luxus, von dem ich mich niemals
trennen wollte. Er hielt mir die Tür auf, schenkte mir ein Glas
Tannat ein, den er, genau wie Héctor, für den besten Wein der
Welt hielt, und verschwand in der Küche.

Vor mir auf dem Tisch lag die Post von heute, die einzig aus
einer Karte meiner Mutter bestand, mit einem Bild der Lan-
dungsbrücken darauf. Sie schickte mir alle paar Wochen eine
Karte aus Hamburg, weil sie glaubte, dass ich meine Heimat
vermisste. Fast nie rief sie mich an, immer hatte sie Angst, sie
könnte stören. Sie hatte ein paar belanglose Sätze geschrieben,
über das Wetter, die neue Pflegerin, die einmal am Tag vorbei-
kam, und das obligatorische *Ich bin stolz auf dich*. Seit ich auf
dem Gymnasium eingeschult worden war, sagte sie mir das.
Wenn diese unsägliche Entführungssache vorbei war, würde

ich sie anrufen und den Heimaturlaub im Winter mit ihr verbringen, was ich seit Jahren nicht geschafft hatte.

»Medium?«, rief Carlos aus der Küche.

»Ja, bitte«, sagte ich und bekam das zarteste und saftigste Steak, das ich im Leben gegessen hatte.

»Que aproveche!«, sagte er.

Ich hörte nicht einmal, wie er das Haus verließ, und schenkte mir ein weiteres Glas ein. Warten. Geduld haben. Nichts tun können. Das war mein Job, während anderswo vielleicht jemand ums Überleben kämpfte. Ich starrte in den Nachthimmel und auf die noch immer schlaffe deutsche Flagge. Sekunden vergingen wie Stunden, vielleicht war es auch andersherum, von einer Zeit des Wartens wünschte man sich nur, dass sie endete, sie kannte keine Einheiten mehr.

Mit der Dämmerung hörte ich draußen einen Wagen vorfahren, er kam durch die totenstille Straße gerast und hielt vor dem Tor. Sekunden danach meldete sich der Sicherheitsmann über die Gegensprechanlage, und Héctor fuhr den Kiesweg hinauf. Ich wusste nicht, warum man Polizisten immer ansah, wenn sie schlechte Nachrichten brachten. Natürlich tauchten sie am Ende einer Nacht schon rein statistisch nur selten auf, um einem etwas wirklich Schönes zu erzählen.

Er stand vor mir und sagte, dass man eine junge Frau gefunden habe, in einer Hütte in Cabo Polonio. Auf dem Küchentisch habe der Ausweis von Tamara gelegen.

»Steig ein«, sagte er. »Jemand muss sie identifizieren.«

11

Wir verließen die Stadt in nordöstlicher Richtung. Nur noch Autohäuser und Tankstellen, Gartencenter und Einkaufszentren, Fleischereien, Werkstätten, Grillrestaurants, die Gebäude wurden weniger und weniger, an der letzten Ampel verkaufte einer Klopapier. Die Landschaft war ereignislos, und wir sprachen kein Wort, während hinter uns der Tag dämmerte und zweihundert Kilometer vor uns eine tote Geisel lag.

Héctor griff neben seinen Sitz und reichte mir eine Flasche Cola, die tatsächlich half. Die Trockenheit meiner Kehle löste sich in Süße auf.

»Wie ist es passiert?«, fragte ich schließlich.

»Wir haben da oben nur einen Mann, der schaut alle paar Tage mal vorbei, schlichtet hin und wieder einen Nachbarschaftsstreit. Ein Haufen Hippies, selbst gezimmerte Hütten ohne Strom und immer mehr Touristen. Die Leute fliegen um die halbe Welt, um mal so richtig zu entschleunigen. Erwürgt, hat er gesagt.«

Ich schloss kurz meine Augen.

»Ich hätte das verhindern müssen.«

»Wie hättest du das können, Freda?«

»Ich hätte es von Anfang an ernst nehmen müssen. Und ich hätte dir nicht davon erzählen sollen.«

»Zieh mich jetzt bloß nicht mit rein in deine Schuldgefühle. Du hast keinen Fehler gemacht.«

»Er hat die Nerven verloren, und ich frage mich, warum. Warum so schnell? Vielleicht wusste er, dass ich mit dir gesprochen habe. Vielleicht hat er Freunde in dem Pub?«

»Er ist ein verdammter Junkie, Freda, davon haben wir immer mehr. Seit der Krise erst recht.«

»Seit welcher Krise genau?«

»Spielt keine Rolle. Jede Zeit ist die nach der Krise.«

Ich ließ das Fenster herunterfahren, als könnte Luft mich beruhigen.

»Deine erste Tote?«, fragte Héctor.

»Die Toten, die ich bisher gesehen habe, hatten nichts mit mir zu tun. Menschen, deren Namen ich erst erfahren habe, nachdem sie identifiziert wurden. Terroranschläge meistens«, sagte ich.

»Wie hast du das ausgehalten?«

»Gar nicht. Ich kann keine Nacht durchschlafen und zucke immer noch zusammen, wenn eine Tür knallt oder neben mir ein Toyota Corolla fährt.«

»Ein Toyota Corolla?«

»Die Bomben waren meistens in einem weißen Corolla, und wenn dann neben dir einer fährt, nur ein Mann im Auto, und der Kofferraum hängt durch, dann kriegst du Schweißausbrüche in deiner gepanzerten Limousine. Ich glaube, der Posten hier war als eine Art Reha-Kur gedacht. Ich habe noch keinen einzigen gesehen.«

Draußen verschwand das Morgenlicht hinter schweren Wolken, der Horizont war eine graue Wand.

»Lohnt sich das?«, wollte Héctor wissen.

»Gab 'ne Zitterprämie«, sagte ich. »Aber ja, ich würde diesen Job nicht machen, wenn ich nicht noch einen Rest an Glauben hätte.«

»Du bist hart im Nehmen, Freda.«

»Nur hart im Verdrängen. Das ist doch bei dir nicht anders.«

»Aber ich schlafe jede Nacht wie ein Stein, das kannst du mir glauben.«

»Drogen?«, fragte ich.

Er lachte.

»Ich bin so froh, dass sie das hier legalisiert haben. Wenn wir das alles hinter uns haben, ziehen wir in meinem Garten mal richtig einen durch.«

Ich nickte und konnte mir nicht vorstellen, das alles irgendwann hinter mir zu haben.

»Es gibt zwei Sorten von Menschen«, fing Héctor an.

»Oh, nicht das schon wieder!«

»Er gehört zu der Sorte, die die Nerven verliert. Diese Leute drehen immer durch, mal früher, mal später, aber sie tun es. Und meine bescheidene Erfahrung ist: Je früher, desto besser.«

»Er hätte wenigstens auf das BKA warten können.«

»Dann wären wir jetzt nicht zwei Idioten, sondern zehn. Wann landen sie?«

»Heute Nachmittag.«

»Den Verhandlungsexperten können sie wohl zu Hause lassen.«

12

Wir hatten Rocha hinter uns gelassen und La Paloma, bogen jetzt rechts ab in einen Sandweg, an dessen Ende ein verlorenes Busschild vor einer Holzhütte stand. Héctor hielt direkt daneben und blickte in den schwarzen Himmel.

»Da kommt was auf uns zu«, meinte er.

Ich stieg aus, ging ein paar Schritte und atmete tief durch. Eine Marihuanawolke hing über der Busstation, aus dem Wartehäuschen erklangen die Töne eines Fernsehers, irgendein Actionfilm, ich hörte nur den Kugelhagel. Niemand saß vor dem Fernseher, niemand hier interessierte sich für Action. Draußen auf den Stufen hockten ein paar Touristen und warteten auf den Bus, der sie zurück in ihre Leben bringen würde. *Cabo Polonio* stand in weißer Schrift auf einem hölzernen Schild, dahinter parkte ein Laster mit offener Ladefläche, auf die man Sitzbänke geschraubt hatte. Er war die einzige Verbindung ins Reservat. Ein Polizist kam in seinem Allrad-Jeep und mit Tempo hundert aus dem Naturschutzgebiet gerauscht. Er begrüßte Héctor und mich mit den üblichen Küssen. Nie war mir ein solcher Empfang unpassender erschienen.

»Fernando«, stellte er sich vor und hielt uns die Wagentür auf. Er trug statt Uniform eine Kapuzenjacke und Jeans, alles an ihm war freundlich, fast niedlich. Er war höchstens vierzig und, wie ich vermutete, mehr ein Mediator als ein Polizist. Sie würden in der Hütte auf uns warten, sagte er. »Zwei Mann, vor einer Stunde angekommen.«

Ich stieg ein, und Héctor zwängte sich neben mich auf die Beifahrerbank. Wir fuhren eine Sandpiste hinunter, vorbei an Weiden mit grasenden Schafen, Kühen, Pferden, in einen Wald hinein, in dem wir Vögel aufschreckten, die ich nie zuvor gesehen hatte und die so schön waren, dass ich an ihrer Existenz zweifelte. Der Weg war nicht mehr als eine Fahrrinne voller Schlaglöcher, wir hüpften auf und ab auf unseren Sitzen, unsere Köpfe stießen gegen das Dach, der Motor röhrte so laut, dass man die eigenen Gedanken nicht verstand. Über uns wurde der Regen immer heftiger, unter uns der Boden weich. Plötzlich endete der Wald, und vor uns lag der Atlantik wie die pure Wut. Der Wagen schleuderte über den kilometerbreiten und endlosen Strand, auf dem verstreut tote Seelöwen lagen, manche von ihnen schon halb geplündert, die Bäuche offen und leer gefressen. Wir steuerten auf ein Dorf zu, eine Ansammlung von Hütten, die meisten mit einem Hostel-Schild auf dem Dach und alle mit Solarpanels, sehr kleinen nur, die wahrscheinlich gerade genug Strom lieferten, um ein Handy aufzuladen.

Fernando fuhr daran vorbei und weiter den Strand hinunter, die Häuser wurden spärlicher, er steuerte links über eine Düne und hielt vor einer Baracke. Grauer, verschmutzter Stein, eine Holztür schlug im Wind, ein abgedeckter Brunnen, die Fenster mit Brettern vernagelt. Ein Ort, der zum Leben mal getaugt haben mochte, zum Sterben allerdings erbärmlich war. Wir starrten alle drei durch die Windschutzscheibe, niemand bewegte sich.

13

Ein Schlafzimmer, eine Küche, ein Drecksloch. Eben noch hatten hier Menschen gelebt, einer davon war jetzt tot, der andere verschwunden. Wenn Leben auf diese Art aus einem Haus verschwand, wurde das Zurückgelassene zu einer Attrappe. Nur wenige Stunden später stand man bereits in einem Museum.

Uns empfingen zwei Polizisten mit Matebechern in der Hand, hinter ihren Rücken lag ein Körper unter einem weißen Tuch.

»Wahrscheinlich seit acht bis zwölf Stunden tot«, sagten sie und fassten zusammen, was sie wussten.

Würgemale am Hals. Das Haus voller Fingerabdrücke und Koksspuren. Ein Gramm gab es hier zum Preis von zwei Tassen Kaffee. Sie brachten das Zeug mit Pferden über die Grenze, die keine siebzig Kilometer entfernt lag. Vor dem Haus keine Reifenspuren, wahrscheinlich waren sie mit dem Bus gekommen, wahrscheinlich war das Opfer freiwillig hier gewesen. Bis es kippte, bis alles eskalierte und sie verstand, dass das hier kein Ausflug ins Paradies war.

Héctor hob das Tuch hoch, und wir sahen ein junges, entspanntes, fast lächelndes Gesicht. Ich hatte Tote gesehen, die jünger waren, ich hatte Kinder gesehen, aber noch nie einen Leichnam, der so intakt war, an dem nichts weggerissen, nichts zerstört war, außer dem Leben selbst. Ich konnte kaum glauben, dass sie wirklich tot war. Héctor zog das Tuch vorsichtig weiter zurück, und ich spürte eine seltsame Erleichterung, dass der Körper bekleidet und ihr wenigstens das erspart geblieben war.

Sie würden die Küste absuchen, sagten die Polzisten. Vermutlich ist er zu Fuß geflohen; wenn man in Richtung Norden lief, immer weiter am Meer entlang, erreichte man Brasilien, eine ungesicherte Grenze, unmöglich auf ganzer Länge zu kontrollieren. Alle seien informiert, auch die brasilianischen Kollegen, das Fahndungsfoto, das Héctor geschickt hatte, sei an alle rausgegangen.

Wir sahen uns in dem Raum um, in der Ecke stand Tamaras Rucksack, ein paar Kleider lagen auf dem Boden, es fehlten Geld, Kreditkarten und das Handy.

»Das ist alles so sinnlos«, erkannte Héctor. »Der Mann hatte keinen Plan und keine Kontrolle, über gar nichts.«

»Warum ist sie mitgekommen?«

»Er ist attraktiv. Ist dir das nicht aufgefallen? Wahrscheinlich ist er auf den ersten Blick sogar charmant, leicht größenwahnsinnig, ein bisschen verrückt. So etwas finden Frauen sexy. Erst recht fernab der Heimat.«

Ich blickte auf das weiße Tuch über ihrem Körper, glaubte kurz, ich könnte es wegreißen und sie würde einfach wieder aufstehen, nur ein Trick, ein bisschen Zauberei. Ich sah auf die abgedeckte Tamara, und zum ersten Mal empfand ich Mitleid mit ihr. Wie konnte das sein? So spät, viel zu spät. Was auch immer die Zeit in Bagdad mit mir gemacht hatte, in diesem Moment schämte ich mich dafür. Ich war offenbar noch nicht wieder zurück, war hier seit Monaten nur in einem Abklingbecken, und das war eiskalt.

»Ist dir das nie passiert, Freda, nicht mal als junge Frau? Ein Abenteuer?«

»Ich muss telefonieren«, sagte ich und wandte mich ab.

In der Küche stand ein Teekessel auf dem Gaskocher, eine Tüte Nüsse auf dem Tisch, zwei Flaschen Wein, alles leer, und mein Handy ohne Netz.

Der Regen floss durch die aufgebrochene Tür, ich ging hinaus, auf der Suche nach Empfang. Draußen saßen die Polizisten in ihren Wagen und schüttelten die Köpfe, als sie mich sahen. Fernando sprang aus dem Auto und rannte zur Hütte.

»Wir gehen hier unter«, sagte ich, als wir zusammen wieder in der Küche standen.

»So sieht es aus. Wir werden hierbleiben müssen, bis es aufhört.«

»Was redest du da?«, fluchte Héctor aus dem Hintergrund. »Was für ein scheiß Allrad soll das sein, mit dem man bei Regen nicht fahren kann?«

»Wir kommen nicht über den Strand, Héctor, wir sinken da ein.«

»Wir könnten es probieren.«

»Habe ich schon mal, will ich nicht noch mal erleben.«

»Das gibt's doch nicht! Keine Möglichkeit, hinten herumzufahren, Dorf, Wald?«

Fernando deutete mit einer Kopfbewegung zur offenen Tür.

»Was siehst du?«, fragte er.

»Regen«, antwortete Héctor.

»Und sonst?«

»Dünen.«

»Eben.«

»Was schätzen Sie, wie lange wird das dauern?«, fragte ich.

»Na ja«, sagte er und schaute in den bleischweren Himmel.
»Grob geschätzt, morgen früh.«

Héctor setzte sich auf einen der morschen Holzstühle,
schloss die Augen und versuchte, ruhig zu atmen. Als er die
Augen wieder öffnete, sagte Fernando, es gebe ein Hotel.

»Ein Hotel? Wie viele Sterne?«

»Wenn du dich an den Tresen setzt, 'ne ganze Menge.«

»Fernando, wir sind hier mit zwei Frauen zusammen, die
eine ist millionenschwer und tot, die andere ist die deutsche
Botschafterin. Es ist verdammt noch mal nicht die Zeit für
schlechte Witze.«

14

Ich bekam ein Zimmer mit eigener Toilette. Die Dusche war unten, eine für alle, das hieß eine für drei Polizisten, Héctor und mich. Es gab hier keine Gäste, der Ort lebte nur im Sommer und starb im Herbst. Für warmes Wasser musste man zwanzig Minuten vorher Bescheid sagen, dann warfen sie den Ofen an. Der Urlaub einer Jugend, die ich verpasst hatte. Ich blickte auf ein selbst gezimmertes Bett mit dünner Matratze, darüber vier versiffte Decken und ein schmutziges Moskitonetz, alles war feucht. Was wie ein monströses Windspiel in der Bucht klang, war in Wahrheit das Schnalzen der Seelöwen.

An einem Ort wie diesem verlor alles seine Bedeutung. Man hörte nichts außer dem Rauschen der Wellen, tagelang, Wochen, Monate, Jahre. Alles floss ins Nichts und von dort wieder zurück. Mit der Zeit setzte jeglicher Willen aus, da war ich mir sicher. Tamaras Tod musste bestätigt werden, der Rücktransport geregelt, Nachforschungen eingeleitet werden. Ich versuchte, mich zu konzentrieren. Wie bekam man eine Leiche hier weg? Kein Leichenwagen hatte Allradantrieb. Oder doch? Ich kannte mich nicht aus mit Leichenwagen, erst recht nicht in Uruguay. Wie sollte ich das alles erklären? In wenigen Stunden landete das Team vom BKA, um mit dem Entführer zu verhandeln, und ich stand an einem untergehenden Hippiestrand.

Es hätte, wäre mein Leben anders verlaufen, mein Kind sein können, das hier tot in einer Baracke am Atlantik lag. Vielleicht war dieses Kind naiv gewesen und ein anderer verrückt. Vielleicht waren sich hier zwei begegnet, die das Schlechteste ineinander hervorgebracht hatten.

Ich verließ das Zimmer, meine Kleider klebten am Körper, ich fror bis auf die Seele.

»Ich brauche Kontakt zu meinem Büro«, sagte ich zu Héctor, der unten in der Bar saß und mit den anderen Mate trank.

»Hier geht überhaupt nichts mehr, Frau Botschafterin. Es sieht nicht nur aus wie das Ende der Welt, wir sind komplett abgeschnitten«, erklärte Fernando.

»Haben Sie Funkkontakt?«

»Sehr schwach.«

»Ist Ihre Zentrale über die Ereignisse umfassend informiert?«

»Das Wesentliche ist bekannt.«

»Die sollen das bitte der Botschaft mitteilen. Wir haben einen Krisenstab einberufen, und das BKA ist im Anflug. Die müssen informiert werden. Wenn ich jetzt auch noch verschwinde, haben wir eine Staatskrise.«

Fernando drückte mir seinen Matebecher in die Hand.

»Ich gebe mein Bestes«, sagte er und verschwand in dem, was sie Lobby nannten.

»Gibt es hier auch Schnaps?«, fragte ich.

»Davon würde ich ausgehen«, sagte Héctor. »Der Barmann ist blind.«

»Dann nehme ich die Empfehlung des Hauses.«

15

Vier Wochen später

Mein zweiter Mann stand neben mir. Rechtzeitig zum Fest war er zu Kräften gekommen, wirkte auf nahezu beleidigende Weise erholt und übernahm nun die Rolle des fehlenden Ehemanns. Seit einer knappen Stunde tat er mit mir zusammen nichts anderes, als Hände zu schütteln. So viele Hände, die ganze Straße runter bis zum Meer nichts als Hände. Ich lächelte und nickte, kannte manchmal einen Namen, meistens nicht. Der Geruch der Holzkohle wehte schon zu uns herüber, die ersten Takte der Hymne erklangen. Es war Plan Z geworden, der Chor der deutschen Schule. Mit Kindern macht man nie etwas verkehrt, hatte der Leiter Kultur sich entschuldigt.

Sehr geehrte Damen und Herren, liebe Exzellenzen, liebe Gäste, liebe Freunde der deutschen Botschaft in Montevideo!
Auch im Namen aller Kollegen und Kolleginnen herzlich willkommen und vielen Dank, dass Sie so zahlreich erschienen sind.

Ich wünschte, niemand wäre da. Ich wünschte, ich wäre an einem Ort, wo ich verschwinden könnte, anstatt mit leeren Worten vor dreihundert Leuten stehen zu müssen.

Wir feiern heute mit Ihnen den Tag der Deutschen Einheit. Erlauben Sie mir Worte, die etwas persönlicher sind als üblich. Bei diesem Thema werden wir alle persönlich und mitunter auch etwas nostalgisch.

Meine frühesten Kindheitserinnerungen sind die an eine Grenze aus Beton. Ich hielt sie für das Normalste der Welt. Wahrscheinlich glaubte ich, dass die ganze Welt aus Mauern bestand. Erst als wir nach Hamburg umzogen und ich statt auf eine Mauer auf einen Hafen blickte, verstand ich den Gedanken von Freiheit. Niemals hätte ich es jedoch für möglich gehalten, dass diese Grenze fallen würde. Seit dieser Nacht, in der ich Menschen auf der Mauer tanzen sah, glaube ich an die Diplomatie, an das Miteinander-Reden, an die Verpflichtung, Gespräche immer weiterzuführen, niemals abzubrechen. In dieser Nacht fühlte ich mich zum ersten Mal als Deutsche, mit einem Gefühl der Freude, für einen Moment konnte ich die Schuld vergessen, die uns in unserem Land niemals verlässt. Es war eine friedliche deutsche Revolution, eine Revolution im Geiste der Freiheit.

Ich wurde erst in der Fremde deutsch. Ich lobte mein Land so, wie ich es zu Hause, was immer das sein mochte, nie gekonnt hätte. Als könnte ich nur aus der Distanz lieben. Knapp zwölftausend Kilometer waren eine angemessene Entfernung.

*Wir leben mit der Freude, wie wir mit der Schuld leben,
beides verdient unsere Achtung.*

*Und dennoch fällt mir das Feiern heute schwer, erscheint
es mir ungehörig. Denn es gibt nicht nur die Politik, es gibt
auch das Leben, jedes einzelne, und jeder einzelne Tod lässt
uns trauern. Besonders wenn wir einen jungen Menschen
auf sinnlose und brutale Art verlieren.*

*Wir danken Ihnen sehr für Ihre Anteilnahme an dem
Tod von Tamara Büscher. Ihr Mitgefühl hat uns und ganz
besonders auch den Angehörigen und Freunden in dieser
schweren Zeit sehr geholfen. Ich möchte Ihnen an dieser
Stelle auch den großen Dank von Tamaras Mutter Elke
Büscher aussprechen.*

Außer Beschimpfungen und Vorwürfen hatte ich nichts von ihr
gehört. Die Büscher war getrieben von dem Wunsch nach Rache, sie brauchte dringend eine Schuldige, und dafür hatte sie
mich auserkoren. Das hatte sie mir deutlich zu verstehen gegeben. *Sie werden keinen Fuß mehr auf den Boden kriegen,* so
waren die letzten Worte gewesen, die ich von ihr zu hören bekam. Ich wusste, sie meinte es ernst. Eine Überführung mit
einer Regierungsmaschine hatte sie gefordert, die vorübergehende Schließung unserer Botschaft, jedes einzelne Mitglied
des Krisenstabs zusammengefaltet, und das alles vom Krankenbett aus. Die Beruhigungsmittel schienen bei ihr tatsächlich
nicht mehr anzuschlagen. Immer wieder musste ich mich daran
erinnern, dass jeder seine eigene Art hatte zu trauern, und die
Wut war ihre.

Alle Spuren hatten sich verloren, ausgewaschen vom verheerendsten Regen seit Jahrzehnten. Wir hatten nichts als seinen Namen und ein fünf Jahre altes Foto.

Schließen wir sie in unsere Gedanken mit ein, schicken wir ihr all unsere Unterstützung. Tamara hat das Feiern geliebt, lassen Sie uns heute in ihrem Sinne feiern, und genießen wir diesen Abend in Montevideo.

Er stand etwas abseits und prostete mir zu, ein bisschen schüchtern fast, allerdings auf eine lauernde Art schüchtern.

»Wer ist der Typ?«, flüsterte ich.

»Welchen meinst du?«, fragte mein zweiter Mann.

»Jeans, schwarzes Hemd, auf zehn Uhr.«

»Auf jeden Fall hat er die Kleiderordnung nicht gelesen. Ich habe den hier noch nie gesehen. Keine Ahnung, Fred. Soll ich mich mal vorstellen?«

»Nein, den gucke ich mir selbst an.«

Ich griff mir ein Glas Wein und machte mich auf den Weg. Es sollte eine halbe Stunde dauern, bis ich bei ihm war, auf jedem Meter lauerte ein Small Talk, doch er bewegte sich keinen Schritt, kannte hier niemanden, sprach mit niemandem, stand nur da und registrierte alles.

»Genießen Sie die Feier?«, fragte ich.

»Ich mag diese Sorte Feste nicht«, sagte er. »Sie wahrscheinlich auch nicht, aber irgendwo muss man anfangen.«

Seine Stimme war dünn, er schwitzte aus allen Poren und reichte mir mit zitternder Hand seine Karte. Unter seinem Namen standen in kursiver Schrift zwei Worte, die die Kraft hatten, mir mehr zu ruinieren als diesen Abend: *Die Woche.*

Ich sah von der Karte wieder zu ihm hoch und erschrak.

»Was passiert da gerade mit Ihrem Gesicht?«, fragte ich.

»Ich weiß nicht«, stöhnte er. »Ich fühle mich wie ein Kürbis.«

»Ihr Gefühl deckt sich mit der Außenwahrnehmung. Haben Sie das öfter?«

»Dass andere mich so sehen, wie ich mich fühle?«

»Nein, dass Ihr Gesicht innerhalb weniger Minuten so anschwillt.«

Speichel lief aus seinem Mund.

»Wo ist das Klo?«, fragte er.

Ich bekam plötzlich Angst um sein Leben.

»Haben Sie irgendwelche Allergien?«

»Vielleicht Wespen«, röchelte er und brach vor meinen Füßen zusammen.

ISTANBUL

ZWEI JAHRE SPÄTER

1

Kadir fuhr am Ufer entlang, nicht weil das schneller war, es war bloß schöner, und ein bisschen Schönheit hatte ich gebraucht. Wir hörten leise Musik, die so ehrlich und traurig war, dass sie diesen Samstagnachmittag mit Wehmut durchtränkte. Diese seltsame Wehmut, die das schlichte Vergehen der Zeit betraf und Erinnerungen aufleben ließ, die wie leichte Magenkrämpfe waren, was nicht an den Erinnerungen selbst lag, nur an dem profanen Gefühl der Vergänglichkeit. Es war das erste Mal seit über einem Jahr, dass ich Philipp wiedersehen würde, vielleicht der einzige Kollege, den ich hin und wieder vermisste. Wir hatten es damals in Bagdad nicht nur gemeinsam ausgehalten, wir hatten es in manchen Momenten trotz des Horrors auch genossen.

Vor vier Wochen war er als Botschafter nach Ankara entsandt worden, zwischen uns lagen jetzt keine Kontinente mehr, nicht einmal eine Landesgrenze, und doch war alles anders. Ich war eine andere geworden, und ich war mir sicher, er würde mich vermissen, die alte Fred, sobald er mich sah.

Vor uns staute sich der Verkehr, die Hitze stand in der Stadt, zwängte alles und jedem ihre Trägheit auf. Bewegungen, Gedanken, sogar Gefühle, selbst Essen und Trinken, alles kostete Kraft. Die Bosporus-Fähren waren überladen mit Menschen, die sich an Deck drängelten und ihre Sesamringe an die Möwen verfütterten. In Schwärmen folgten sie den Schiffen, sahen aus der Ferne aus wie schwarz-weiße Wolken, die über dem Wasser tanzten. Sie schienen die Einzigen zu sein, denen die Hitze nichts anhaben konnte. Vielleicht schwitzte man nicht, wenn man schnell genug flog. Ich würde es nie erfahren, saß stattdessen auf der Rückbank meines klimatisierten Wagens und wünschte, wir könnten noch tagelang fahren, quer durch dieses Land, von dem ich bisher so wenig gesehen hatte.

Ein Jahr verging schnell, besonders dann, wenn man jeden Tag versuchte anzukommen. Nach den ersten drei Monaten hatte ich mir eingestehen müssen, dass die Stadt mich überforderte. Weitere drei Monate hatte ich verbissen dagegen angekämpft, bis ich es schließlich hinnahm, bis ich verstand, dass es das Wesen von Istanbul war, einen zu überfordern. Eine Stadt, die wollte, dass man sich in ihr verlor, eine einzige Überwältigung, also genau das, was ich gebraucht hatte, nach einem grauen Jahr in der Berliner Zentrale. Eine Befreiung, was nicht an dem Ort allein lag, sondern auch an der diplomatischen Herausforderung, die er mit sich brachte.

Ich blickte aus dem Fenster, auf die Villen, die herrschaftlicher wurden, je weiter nach Norden man kam. Oft waren nur die Dächer und Türme zu sehen, die Eingänge lagen versteckt zwischen Mauern und Zäunen, das Ausmaß des Reichtums verstand man nur vom Wasser aus. Schließlich lichtete sich der Blick und das Ufer gehörte den Anglern, die aufgereiht an der Promenade standen, zwischen ihnen Plastikstühle und kleine

Wagen, die Tee anboten. Die Gegend wandelte sich zu einem Ausflugsziel. Auf der anderen Straßenseite Grundstücke, die wahrscheinlich schon immer unbezahlbar waren. Wir fuhren an der protzigen, hochgesicherten Wochenendvilla des Präsidenten vorbei, und direkt nebenan lag unsere Sommerresidenz. Ein Ort, den ich viel zu selten besuchte. Ein Geschenk des Sultans an das Deutsche Reich vor fast hundertfünfzig Jahren und ein verschwenderisches Anwesen. Es war maßlose achtzehn Hektar groß, auf ihm befanden sich mehrere osmanische Holzvillen, eine kleine Kapelle, ein Tennisplatz, ein eigener Wald und ein deutscher Soldatenfriedhof mit phänomenalem Ausblick. Wie ein Relikt kam mir diese Residenz vor, allein die Tatsache, dass sie überhaupt existierte. Eine nostalgische Erinnerung an eine Zeit, die schon lange vergangen war, als ich anfing. Als Diplomatie noch etwas für den Adel war und Botschafter die Macht besaßen, den Lauf der Welt zu verändern.

Wir passierten die Sicherheitskontrolle, rollten über den Kiesweg und die dicken Stromkabel, vorbei an Lieferwagen, Hortensiensträuchern, Cateringboxen. Es war das große, professionelle Durcheinander, das die letzten Stunden vor einem Fest prägte. Wie ein hoffnungsloses Chaos sah es aus, doch sobald das Tor sich für die Gäste öffnete, standen alle an ihrem Platz und wischten sich noch schnell den Dreck von der Hose. So war es bei jeder Feier, in jedem Jahr, an jedem Ort. Um mit dieser feudalen Liegenschaft wenigstens etwas Sinnvolles anzustellen, waren Teile der Gebäude für Künstler geöffnet worden, die in der bewachten Schönheit nicht selten in Depression und Alkoholismus verfielen und unter allen möglichen Blockaden litten. Der vorherige Botschafter hatte die Künstler, wenn er hin und wieder ein Wochenende hier verbrachte, aus seinem Blickfeld räumen lassen. Ihre Tische und Stühle wurden in die hinterste Ecke des Gartens getragen, damit sie seinen Ausblick beim Kaffee nicht ruinierten. Künstler waren kein sonderlich pittoresker Anblick, es sei denn, sie präsentierten einmal im Jahr ihre Arbeiten, dann gab es das glanzvolle Fest, bei dem sich alle gegenseitig auf die Schultern klopften und sich vor einer Stellwand mit Regierungslogo ablichten ließen.

Als ich die Wagentür öffnete, eilte Mehmet schon die Stufen hinunter. Botschafter kamen und gingen, ihr Butler aber blieb, und ich freute mich, ihn zu sehen. Bei unserer letzten Begegnung hatte er mir verraten, dass er sein Handwerk auf dem Traumschiff gelernt habe. Kreuzfahrt oder Botschaft, das mache für ihn keinen Unterschied, so seine schöne Formulierung.

»Frau Konsulin!«, rief er und führte mich direkt in den Wintergarten. Philipp und seine Frau saßen dort beim Tee, von der Aufregung vor ihrer Tür schienen sie nicht das Geringste mitzubekommen. Ein Wintergarten wie ein Bunker. Als ich an die Scheibe klopfte, sprang Philipp auf und umarmte mich.

»Gut siehst du aus«, sagte er.

»Du auch.«

Wir waren die mit den freundlichen Lügen. Wir waren Menschen, die im strömenden Regen vor die Tür traten und davon schwärmten, wie gut das für die Landwirtschaft sei. Das Schöne war, dass wir darum wussten und meistens nur das glaubten, was wir nicht sagten.

Seine Frau gab mir die Hand, und ihr Lächeln ließ sie überraschend verhärmt aussehen. Ich fragte mich, wann und wie es dazu gekommen war, wohin die lebenslustige Frau verschwunden war, um die man Philipp immer beneidet hatte.

»Lange nicht gesehen«, sagte sie und begann, in der anderen Ecke des Wintergartens die Sessel zu verschieben. »Die müssen näher ans Fenster«, erklärte sie, und mit einer Verneigung kam Mehmet zurückgeeilt. Der Mann war eine einzige Verneigung, ich hatte ihn noch niemals in voller, aufrechter Größe gesehen. Ihren Anweisungen folgend, schob er keuchend die Sessel über die Fliesen und wollte unter keinen Umständen, dass Philipp ihm half.

»Mehr nach links!«, rief sie. »Nein, zu viel, wieder nach rechts.« Mehmet verkrümmte immer mehr, während mir das Ganze derart unangenehm war, dass ich versuchte, mich mit einem Stück Gebäck abzulenken. Schließlich war Philipps Frau zufrieden und ließ uns ohne ein Wort allein. Hinter ihr schloss Mehmet die Tür, und wir blickten auf die neu arrangierte Sitzecke.

»Ist wirklich schöner so«, stellte Philipp fest.

»Ich habe dir etwas mitgebracht«, sagte ich und holte aus meiner Tasche eine Flasche zwölf Jahre alten Macallan. Seine Augen leuchteten auf. Mit diesem Whisky hatten wir so manche Nacht geteilt.

»Ich hole uns Gläser«, sagte er und stand auf.

Es war ihm offenbar egal, dass die Arbeit des heutigen Tages noch vor ihm lag.

»Nur einen ganz kleinen«, meinte er und setzte sich dann doch wieder hin. »Lass uns die Tassen nehmen. Ich habe keine Ahnung, wo in diesem Haus Gläser sind.«

Nachdem er uns eingeschenkt hatte, erhoben wir die filigranen Porzellantässchen mit Goldrand.

»Auf gute Zusammenarbeit«, sagte er.

Wir stießen an, tranken und lehnten uns in alter Gewohnheit im selben Moment und mit einem Seufzen zurück.

»Konntest du dich schon einleben?«, fragte ich.

»Kann ich nicht sagen. Ich glaube, ich bin noch gar nicht angekommen. Durch Ankara spaziere ich mit zwei Bodyguards, von denen die Zentrale meint, dass ich sie bräuchte. Unser Container steckt seit einem Monat im Zoll fest, und der Präsident hat offenbar keine Eile, mich zu empfangen. Ich sitze hier quasi nackt und ohne offizielle Bestätigung.«

Philipp trank noch einen Schluck und meinte, er fühle sich ein bisschen wie eine Attrappe.

»Gewöhn dich bloß nicht daran«, sagte ich. Doch als ich anfing, ihm zu erzählen, wie sehr man Attrappen hier schätzte, wurde ich unterbrochen von einem markerschütternden Fiepen, das die Scheiben des Wintergartens vibrieren ließ, gefolgt von einem Wirbel an Schlägen, die für uns klangen wie Detonationen. Wir zogen die Köpfe ein, die Arme schützend vor unseren Gesichtern, hockten mit rundem Rücken in den Korbstühlen und mussten plötzlich kichern, konnten gar nicht mehr aufhören. Philipp schüttelte sich.

»Oh Gott«, sagte er, »das muss am Whisky liegen, bei dem Geschmack ist ganz Bagdad wieder da.«

Der Soundcheck war so bestialisch laut, dass wir kaum unsere eigenen Worte verstanden.

»Ich geh mich mal umziehen!«, schrie Philipp. »Und lass dich noch ein bisschen in Erinnerungen schwelgen.«

Er drückte meine Schulter und verschwand mit seinem leicht hüpfenden Gang.

Philipp schien immer auf dem Sprung, als hätte er eine Energie, für die sein Körper zu eng war. Ich hörte ihn im Flur mit Mehmet scherzen und hatte diese Fröhlichkeit vermisst. Mit einem Lachen konnte Philipp jeden Zweifel und jede Angst vertreiben. Ich wusste nie, ob diese Fähigkeit Ausdruck besonderer Intelligenz, vielleicht sogar Weisheit war oder ein Zeichen großer menschlicher Dummheit, einer seelischen Verwahrlosung. Wahrscheinlich aber war es nichts als sein Panzer, ein Lachen, das jeden Zweifel auf Abstand hielt.

2

Seine Rede begann er mit einem *Hoş geldiniz*, einem türkischen Willkommen, und schon allein dafür bekam er den Applaus der einheimischen Gäste. Die Bühne seines neuen Postens hatte Philipp mit der größten Selbstverständlichkeit betreten, so wie er jeden Ort der Welt betrat.

Von einem offenen Dialog sprach er, von den konstruktiven Gesprächen, die er hier führte, der freundschaftlichen Atmosphäre und natürlich von den Handelsbeziehungen, sechsunddreißig Milliarden Euro Wirtschaftsvolumen zwischen Deutschland und der Türkei, der wichtigste Handelspartner für das Land. Ich fragte mich, was er in den vergangenen zwei Jahren, in denen man ihn an die UN ausgeliehen hatte, durchmachen musste. Schon bei dem Wort Dialog stellten sich bei mir inzwischen die Nackenhaare auf. Immerzu sprach man vom Dialog, während in Wahrheit die türkischen Behörden nicht mal mehr ans Telefon gingen. Auch das Sommerfestival, das Philipp jetzt eröffnete, mit Ausstellungen, Lesungen und Konzerten deutsch-türkischer Künstler, galt als ein Dialog und war doch bloß ein Chor der Selbstgespräche. Das zeigen, worüber man nicht reden konnte. Die Kunst als Diplomatie. Alles war

Metapher, und alles bekam Applaus, in den hinein Philipp plötzlich zu schweigen begann, ausdauernd, als wartete er auf den richtigen Moment, ohne zu wissen, ob der jemals kommen würde. Kurz sah er zu mir herunter, eine flüchtige Absicherung, ein Blick in den Rückspiegel, bevor man den Wagen auf eine andere Spur zog. Dann las er Namen vor, die lange Reihe der Namen, die heute nicht hier waren, all die Künstlerinnen, Politiker, Journalistinnen, Organisatoren und Mäzene, die auf der Gästeliste gestanden hatten und so lange dort stehen würden, bis sie endlich die Chance bekämen, teilzunehmen an diesem Fest, an allen Festen, an einem Leben außerhalb der türkischen Gefängnismauern. Es waren viele, viel zu viele, die fehlten, als wäre der gesamte Abend eine Lücke, in die wir nichts anderes pressen konnten als unsere müde Hoffnung. Der Beifall war so tosend wie sinnlos.

Nur einer klatschte nicht und machte sich stattdessen Notizen. Die Art, wie er da am Rand stand und alles beobachtete, kam mir bekannt vor. Eine verschwommene, dunkle Erinnerung. Er sah in meine Richtung und lächelte mich an, so selbstverständlich, als wären wir alte Kollegen, und dann setzte er sich auch schon in Bewegung. Ein Mann in meinem Alter, der in seiner Chinohose und dem Polohemd aussah wie Millionen Männer weltweit.

»Schön, Sie zu sehen«, sagte er und nahm die Sonnenbrille ab. Sein Gesicht erschien mir auffallend schmal, und sosehr ich es auch versuchte, ich konnte ein Lachen nicht unterdrücken.

»Sind Sie es wirklich?«, fragte ich. »Der Partyschreck aus Uruguay?«

»Sie dürfen David sagen.«

»David Fabian, ich habe Ihren Namen nicht vergessen.«

Damals hatte ich Monate in panischer Angst vor seiner Reportage verlebt und nie erfahren, warum sie nicht veröffentlicht wurde. Warum die Büscher nicht wie angekündigt meine Karriere zerstört, es nicht einmal versucht hatte.

»Ohne Sie wäre ich erstickt in dem elenden Montevideo«, sagte David. »Vielen Dank noch mal.«

»Keine Ursache. Ein toter deutscher Journalist im Garten wäre das Letzte gewesen, was ich gebraucht hätte.«

Er lachte. »Ja, das kann ich mir vorstellen. Sie schienen mir schon von einem lebenden Journalisten nicht sonderlich begeistert.«

Womit er eindeutig recht hatte. Die letzten Wochen in Uruguay waren, vorsichtig ausgedrückt, strapaziös gewesen, woran die Presse, vor allem die deutsche, ihren Anteil hatte. Ganz zu schweigen von dem Wahnsinn, der sich im Netz abspielte. Ich wurde ins Ministerium einbestellt, weil der Tourismus einen nie gesehenen Einbruch erlebte und man den Ruf Uruguays als beschädigt ansah. Sämtliche Erklärungen unserer Botschaft konnten dagegen nichts ausrichten, und schließlich beorderte Berlin mich zurück in die Zentrale. Dass die Erinnerung an diese enervierende Phase nun in Gestalt von David hier auftauchte, nahm ich ihm fast persönlich übel. Es gab Menschen, die vor einem standen wie ein schlechtes Omen.

Ich fragte ihn, was er in Istanbul mache.

Er sei der neue Korrespondent, meinte David. Sein Vorgänger habe ja leider das Land verlassen müssen.

»Dann werden wir uns in Zukunft öfter sehen«, sagte ich

und versuchte, uns beide zu überzeugen, dass ich mich darauf freute.

Wie immer, wenn ich eine Situation beenden wollte, blickte ich auf meine Uhr. Für ein paar tausend Euro trug ich nichts als eine Fluchtmöglichkeit am Handgelenk.

»Sie müssen mich entschuldigen«, sagte ich. »Ich habe leider noch einen Termin.«

»Selbstverständlich«, sagte er und fragte, ob ich nicht trotzdem demnächst mit ihm essen gehen wolle. »Ich würde gern noch einmal mit Ihnen reden, ohne das Bewusstsein zu verlieren.«

Ich gab ihm meine Karte und sah zu, dass ich wegkam.

3

Wir saßen zu viert hinter dem Teehaus, halb versteckt und doch von allen gesehen. Musik schallte über die Wege, auf denen Gäste flanierten, die allesamt glücklich aussahen, hin und wieder nickte ich jemandem zu, niemand wagte sich an unseren Tisch, der Ausdruck auf unseren Gesichtern war nicht als Einladung zu verstehen. Über Geheimnisse sprach man am besten an den lauten Orten, wenn möglich unter freiem Himmel. Das war eine der ersten Regeln, die ich hier verstanden hatte.

Als Philipp sagte, er werde sich darum kümmern, starrte Barış ihn nur an, als hätte er etwas Unglaubliches gehört, etwas, das er nicht für voll nehmen konnte, während seine Anwältin Elif uns freundlich anlächelte.

Ich kannte Barış seit zwei Monaten, dieses eindringliche und gleichzeitig fassungslose Starren hatte mich schon damals irritiert, als ich ihn zum ersten Mal sah, auf dem berüchtigten Polizeipräsidium in der Vatanstraße. Ein Mann mit einem weichen, glatt rasierten Gesicht und gebügelten Hemd, gepflegt bis in die Fingerspitzen, den man bei der Einreise am Flughafen festgenommen hatte. Nach einer Nacht in Gewahrsam wurde vom Staatsanwalt eine Ausreisesperre verfügt, er durfte sich frei bewegen, aber das Land bis auf Weiteres nicht verlassen. Einmal in der Woche musste er sich im Revier melden. Barış hatte kaum mehr als seinen deutschen Pass und eine Kreditkarte im Gepäck gehabt, nur ein paar Tage hatte er in der Stadt bleiben wollen. Der Vorwurf war der immer gleiche, altbekannte und jederzeit anwendbare: Unterstützung einer terroristischen Vereinigung. Ein Beweis dafür war bis heute ausgeblieben, wahrscheinlich würde er nie kommen.

Beweise brauchte man nicht mehr, im Notfall ließen sie sich fabrizieren. Barış war aus türkischer Sicht gleich zweifach verdächtig. Er war kurdischer Abstammung, und er war ein Sohn, der seine Mutter im Istanbuler Frauengefängnis besuchen wollte, in dem sie seit mehr als einem halben Jahr in Untersuchungshaft saß. Ihr Name gehörte zu jenen, die heute hier fehlten. Meral, eine deutsch-kurdische Kuratorin, eine Kunsthistorikerin, die brillante Texte verfasste und bekannt dafür war, in ihren Ausstellungen alles zu zeigen, aber nichts offen zu sagen. Meral war ein leerer Raum, in dem sich die Welt zum Tee getroffen und jeder etwas zurückgelassen hatte, manche auch Bilder. Bilder, die die hiesige Regierung nicht sehen wollte, deren bloße Existenz schon als Attacke galt. Eine verbotene Flagge, ein geleugnetes Massaker, eine Wirklichkeit, die kein Zeugnis duldete. Wenn man dieses auch noch gerahmt präsentierte, wurde aus Kunst Terrorpropaganda.

Meral wusste nicht, dass ihr einziges Kind hier festgehalten wurde, noch glaubte sogar die Diplomatie, dass sich das klären ließe. Vollmundig versprach Philipp, alles zu tun, was er konnte.

»Meinetwegen gehe ich ins Gefängnis, aber meine Mutter muss da raus«, sagte Barış mit erschöpfter Stimme. »Ich war letzten Montag noch mal bei ihr. Sie braucht ihre Medikamente, sie hat Diabetes.«

»Wir werden ihr die Medikamente bringen«, sagte Philipp.

»Ist das alles, was Sie tun können?«

Ich erklärte, dass ich seine Mutter in der kommenden Woche besuchen würde und wir bereits einen Termin beim Staatsanwalt hätten, sah jedoch an seinem Blick, dass er uns nicht traute. Wahrscheinlich hielt er uns für überbezahlte, selbstzufriedene und manipulative Witzfiguren. Eine Einschätzung, mit der er nicht allein dastand.

»Wo sind Sie derzeit untergebracht, Barış?«, fragte ich.

»Er wohnt immer noch bei uns«, sagte Elif, und das schien Barış deutlich unangenehmer zu sein als seiner Anwältin. Er blickte zur Seite, als würde er uns gar nicht zuhören.

»Was haben Sie Ihrer Mutter erzählt?«

Hilflos zuckte er mit den Schultern.

»Dass ich hier Urlaub mache. Aber ich weiß nicht, ob sie mir glaubt. So lange habe ich im ganzen Leben noch nicht Urlaub gemacht.«

»Soll sie Ihnen denn glauben?«

»Ich schaffe es einfach nicht, ihr die Wahrheit zu sagen.«

Er blickte mich lange und beinahe flehend an, bis ich endlich nickte.

»Danke, das ist nett von Ihnen«, sagte er.

Barış stand kurz vor Abschluss seines BWL-Studiums, hatte erst vor ein paar Monaten eine kleine Kaffeebar in Schöneberg eröffnet und war mit seiner Freundin zusammengezogen. Er war ein Mensch, für den bisher alles glattgelaufen war. Barış hatte Ziele gehabt und keinen Zweifel daran, sie erreichen zu können. Er war im vollen Flug abgestürzt, und niemand, am wenigsten er selbst, konnte wissen, wie er damit umgehen würde. Noch immer war Barış in dem Zustand der Ungläubigkeit, in dem er sein Schicksal für ein Missverständnis hielt. Er erinnerte mich an ein Kind, das nach dem Sturz endlose Sekunden brauchte, um den Schmerz zu bemerken. Erst mit langer Verzögerung folgte der Schrei. Seine Mutter hatte ihm den Namen Frieden gegeben, und bis vor Kurzem hatte sein gesamtes Leben unter diesem Zeichen gestanden. In Istanbul hatte Barış weder Arbeit noch Freunde, und würde seine Ausreisesperre nicht bald aufgehoben, drohte er sein Leben in Berlin zu verlieren. Alles, was er liebte, alles, was ihm Halt gab. Er würde auf Elifs Schlafsofa in die Dunkelheit fallen.

Ein Kellner kam an unseren Tisch, auf seinem Tablett Bratwürste vom Grill, nach denen Elif gierig griff. Auf ihrem ungeschminkten Gesicht lag ehrliche Freude. Sie trug ein schwarzes Tanktop, enge Jeans und kurze, dunkle Haare. Elif sah immer aus, als wäre sie bereit für den nächsten spontanen Straßenkampf. Sie war erst Mitte dreißig, die ungewöhnlichste Anwältin, die ich je getroffen hatte, und eine der mutigsten.

»Wissen Sie, wie es bei uns heißt?«, fragte sie und sah dabei weder mich noch Philipp an, sondern nur auf ihren Teller.

»Wer reich ist, isst auch Schwein«, sagte sie. »Wer Geld hat, dem ist die Religion egal.« Und dann erzählte sie, dass der große Meister die Schweinezucht in der Türkei nach und nach einschränke, dass es in der Stadt nur noch einen einzigen Schweineschlachter gebe. Der große Meister hasse die Reichen und Intellektuellen, die Whisky trinkend am Bosporusufer saßen, in Bebek, Arnavutköy und Tarabya. Er wolle sie und das

Leben, das sie führten, ausrotten. »Alle mächtigen Männer hassen und verachten«, sagte Elif. »Es gibt keinen größeren Antrieb. Würde ich nicht jeden Morgen mit diesen Gefühlen aufwachen, würde ich gar nicht mehr aufstehen. Ich musste lernen zu hassen«, sagte sie. »Und schon dafür hasse ich diese Leute.«

Elif biss mit einer Entschlossenheit in die Wurst, wie andere Menschen ihr Gewehr durchluden.

4

Ich sah auf die Stadt hinunter, auf den Bosporus, der Istanbul nicht teilte, nur endloser machte. Es gab kein Asien, kein Europa, keinen Orient und Okzident, dieses Gerede hatte ich immer schon für romantischen Unsinn gehalten. Es gab nur Istanbul, das in der Mitte thronte. Eine Stadt, deren Schönheit mich immer noch erschütterte, eine stolze Frau mit offenen Wunden. Ich liebte alles an ihr, auch den Schmerz, den Lärm, den Gestank. Es war genau der Ort, an dem ich sein wollte, genau jetzt.

Asena brachte lautlos den Kaffee auf den Balkon, Kaffee, aus dem sie meinte, die Zukunft lesen zu können. Und so wenig ich daran glaubte, so viel Angst machte es mir doch, weshalb ich beharrlich ablehnte.

»Guten Morgen, Madam.«

»Günaydın, Asena.«

Sie strahlte mich an, wie ich da saß, an diesem winzigen Tisch, auf den kaum mehr passte als eine Zeitung und eine Tasse. Seit fünfundzwanzig Jahren arbeitete sie für das Konsulat, hatte in der Visastelle angefangen und war nun seit zwei Jahrzehnten hier oben, wo sie alle drei, vier Jahre einem anderen Konsul diente. Es war ein einziges Kommen und Gehen, und niemals verlor Asena ein Wort darüber, was sie alles schon gesehen und gehört hatte. Wenn sie im Raum war, hatte man das Gefühl, er sei leer. Sie gab mir einen Stapel Post, obenauf ein Päckchen meiner Mutter, und verschwand wieder nach drinnen, wo sie weiter die Tafel deckte.

Zu Beginn hatte mich die Nähe erschöpft. Die Tatsache, dass zwischen Privatbereich und Repräsentanz nur eine Tür lag, hatte dazu geführt, dass ich selbst unter der Dusche in gestraffter Haltung stand.

Ich öffnete das Päckchen, obwohl ich längst wusste, was sich darin befand. Jeden Monat schickte mir meine Mutter ein Kilo Holsteiner Schinken, weil sie sich nicht vorstellen konnte, wie ein Mensch ohne Schinken ein glückliches Leben führte. Seit Jahren bekam ich diese Pakete, egal, wo ich war, und nicht immer schafften sie es durch den Zoll, was meine Mutter glauben ließ, ich müsste ein Dasein in der Hölle führen. Asena servierte den Schinken manchmal den Frühstücksgästen, inzwischen glaubte ich, dass einige nur deswegen kamen.

Ausgenommen Philipp, der in diesem Moment anrief und sagte, er wolle mich doch lieber am Hafen in Sarıyer treffen. »So schnell wie möglich«, fügte er hinzu, und eine halbe Stunde später saßen wir auf Deck und tranken trotz der Hitze einen Cay, weil der zum Rumsitzen dazugehörte. Philipp hatte unbedingt mit der Fähre fahren wollen. Ein Land verstehe man nur in den öffentlichen Verkehrsmitteln, hatte er gesagt. Einfach mal die Stadt genießen, das wolle er. Was natürlich nicht stimmte. Er genoss nie einfach mal die Stadt, dazu war er viel zu ruhelos. Blinzelnd sah er auf die Wellen.

»Es gibt Menschen, die sind Häfen«, fing er unvermittelt

an, »und andere, die sind Schiffe. Zu welchen gehörst du, Fred?«

»Ich glaube, ich bin ein Schiff ohne Hafen«, sagte ich, ohne darüber nachzudenken. Ich mochte keine Entweder-oder-Theorien.

»Es gibt keine Schiffe ohne Hafen, nur Wracks haben keinen.«

»Dein Charme hat mir wirklich gefehlt«, sagte ich. »Aber meinetwegen könnten wir auch direkt zum Wesentlichen kommen.«

Philipp legte einen Arm um meine Schultern und trank einen Schluck von seinem Tee.

»Wir haben ein Problem mit Barış«, sagte er endlich.

Vor fünf Jahren, erklärte er, habe Barış an einer Protestaktion für hungerstreikende Kurden teilgenommen. Ein knappes Dutzend Aktivisten am Berliner Flughafen. Plakate, Flugblätter, sonst nichts. Es wurde auf eine Anzeige verzichtet, hatte aber einen Eintrag in die Polizeiakte gegeben. Heute Morgen hatte Philipp ein internes Schreiben erhalten, das damals per Fax von der Botschaft in Ankara an die türkische Interpol-Abteilung gesendet wurde.

Aus seiner Sakkotasche holte er das Papier und zeigte es mir.

»Es stammt von einem Verbindungsmann des BKA«, sagte er nüchtern.

Ich überflog es kurz, die wesentlichen Worte schienen rot zu leuchten, sie lauteten *militante Kurden* und *PKK-Kämpfer*, und ich wollte nicht glauben, dass das aus unserer Botschaft kam.

»Barış' Name steht nicht drauf«, stellte ich fest. »Überhaupt keine Namen. Gab es ein Rechtshilfeersuchen der türkischen Behörden?«

»Das werde ich klären.«

»Dass sie seinen Namen kennen, wissen wir inzwischen ja leider.«

Dabei bemerkte ich selbst meinen leicht zynischen Unterton, den Philipp mit seinem berühmten zweifelnden Blick kommentierte. Vielleicht fragte er sich gerade, ob ich nicht doch irgendwann das Lächeln aufgeben, die ewig bereitstehenden Nüsschen vom Tisch fegen und meinen Gesprächspartnern den Tee ins Gesicht schütten würde.

»Ich bin jetzt seit einem Jahr hier«, sagte ich, »und eines habe ich gelernt: Es reicht nicht, vom Schlimmsten auszugehen. Man muss mit dem Unvorstellbaren rechnen.«

»Aber daran haben wir uns doch gewöhnt.«

»Natürlich, wir gewöhnen uns an alles.«

Es war genau dieser Pragmatismus, der ihn absicherte, der ihn Stufe für Stufe nach oben gebracht hatte. Eine Eigenschaft, die mir nicht gegeben war, ich hatte sie mir mühsam anerziehen müssen.

»Wer ist dieser BKA-Mann?«, kehrte ich zum Thema zurück. »Arbeitet der noch für uns?«

»Für Ankara ist er nicht mehr zuständig.«

»Weißt du, ob er persönliche Verbindungen in die Türkei hatte? Barış hat am Flughafen ein Plakat hochgehalten und Flugblätter verteilt, das macht ihn noch lange nicht zum PKK-Kämpfer. Vielleicht wurde unser BKA-Mann unter Druck gesetzt?«

»Ich weiß nicht, Fred. Das strapaziert meine Fantasie.«

»Die Frage ist doch immer die gleiche: Stehen die Leute selbst unter Druck, oder gehören sie zu dem System, das andere unter Druck setzt?«

Philipp schrie kurz auf. »Hast du gesehen?« Aufgeregt zeigte er aufs Wasser. »Delfine!«

Vor uns sprangen sie durch die Wellen, und nicht zum ersten Mal sah ich in Philipp einen kleinen Jungen im Anzug.

»Vielleicht bist du ein Delfin, Fred? Wie wäre das?«

»Wusstest du, dass Delfine nie schlafen? Sie versetzen immer nur eine Gehirnhälfte in den Dämmerzustand, die andere Hälfte sieht und hört alles.«

Er lachte mich an und nickte.

»Passt doch.«

5

Sie scannten meine Iris und fanden die Datei. Ich war hier eine längst gespeicherte Besucherin, wenn meine Anwesenheit auch selten, zu selten war. Meistens kümmerte sich die Rechtsabteilung, aber ich wusste, so winzig der Unterschied auch war, dass die Position doch half. Wenn ich den Besuchsraum betrat, sahen die Inhaftierten die deutsche Regierung, und egal, was sie draußen von dieser hielten, hinter den Mauern hatte sie Bedeutung. Als würde ich in meiner Handtasche die Hoffnung selbst hineinschmuggeln.

Am Eingang fand die Polizistin allerdings nur deutsche Schokolade, die sie mit gespielter Strenge und stiller Dankbarkeit konfiszierte. Sie blätterte durch das deutsche Nachrichtenmagazin, aus dem ich vorab den einzigen Türkei-Artikel herausgerissen hatte, und durch ein internationales Kunstmagazin, das sie erst gar nicht interessierte. Vor einem Jahr hatten sie bei der Kontrolle noch meinen Dolmetscher für den Konsul gehalten, inzwischen lachten wir darüber. Scherze mit dem Wachpersonal machten das Leben in jeder Welt angenehmer, wie schwer sie auch manchmal fielen. An der Sicherheitsschleuse löste mein BH das übliche Piepen aus, das wir alle ignorierten, und vor mir wurde die mächtige Metalltür aufgeschlossen.

Auf dem Weg hierher hatte Philipp mich angerufen, um mir zu sagen, dass den türkischen Behörden die gesamte deutsche Ermittlungsakte vorlag, mit Fotos der Aktion und weiteren Details. Die Ermittler hatten die Namen aller Beteiligten inklusive der zugehörigen Kontaktanschriften. Damit steckte Barış in weitaus größeren Problemen, als wir bisher geahnt hatten, und es würde an mir liegen, seiner Mutter davon zu erzählen. Die Wahrheit wurde nicht erträglicher, wenn man sie spät erfuhr. Philipp hatte mir alles Gute gewünscht und aufgelegt.

Wenn ich mir vorstellte, dass wir derartige Informationen weitergaben und gleichzeitig in unserer Reisewarnung darauf hinwiesen, dass es vermehrt zu Festnahmen deutscher Staatsangehöriger kam, die in Deutschland in kurdischen Vereinen aktiv waren, dann wurde mir schlecht. Ich hätte mich am liebsten unter meinem eigenen Konsulat begraben.

Ich betrat die Gänge des Frauengefängnisses wie ein geschlagener Hund. Beim Anblick der riesigen Zellen versagte mir heute noch mehr die Kraft als sonst. Offiziell waren es sechzig Inhaftierte pro Zelle, es gab Stockbetten und Kochnischen und Dutzende von Frauen, die auf dem Boden schliefen. Bei jedem Besuch wurden es mehr, die Prozesse waren endlos geworden, die Urteile wurden wieder und wieder vertagt, der Stau entstand draußen an den Gerichten, und drinnen wurde die Luft knapp. Ich blickte in Innenhöfe, die so eng waren, dass nicht einmal das Licht dort Platz fand. Dagegen wirkte der Kindergarten, den es hier ebenfalls gab, so bunt und liebevoll, dass ich kaum hinschauen mochte. Manchmal sah ich Versuche von Liebe und Normalität, die nichts als Übelkeit auslösten.

Im Besucherraum saß Meral bereits an ihrem Tisch, eine Frau in meinem Alter, die ihre grauen Haare zu einem Zopf geflochten hatte und einen so erhabenen Stolz ausstrahlte, dass der Raum vor ihr in die Knie zu gehen schien. Mit einem Lächeln bot sie mir den Platz ihr gegenüber an. Meral war in den Achtzigerjahren mit ihrer Familie nach Deutschland gekommen, hatte die Türkei in ihrer Kindheit und Jugend nur für Hochzeiten und Beerdigungen besucht, bevor sie in ihren Dreißigern begann, die eigene Herkunft neu zu entdecken. Sie pflegte ein internationales Netzwerk, hatte in Berlin einen Verein für politisch verfolgte Künstlerinnen ins Leben gerufen, sich um Stipendien für kurdische Kreative bemüht und im Osten der Türkei ein Festival geplant, was ihr als eindeutige Verbindung zum Terrorismus ausgelegt wurde. In den letzten Jahren war sie ständig unterwegs gewesen, und manchmal hatte ich den Eindruck, dass auch die Zelle für sie nur ein weiterer Ort war. Sie saß in diesem Gefängnis wie ich in meiner Residenz.

Begeistert begann Meral mir von der Künstlerin zu erzählen, die mit allem malte, was sie hier finden konnte, Kajal, Lippenstifte, Tomaten, Kartoffeln, das Menstruationsblut ihrer Zellengenossinnen. »Wunderschöne Bilder«, sagte sie, und dass sie die gesamte Reihe ausstellen werde, wenn sie wieder frei sei. Meral träumte nicht, sie plante. Sie hatte keine Wünsche, sondern Ideen, und die Realität war für sie eine Sache des Blickwinkels. Sie schien nicht eine einzige Sekunde an Selbstmitleid zu verschwenden. Nie hatte ich sie jammern hören, und ich wollte nichts mehr, als mit ihr an der Hand aus diesem Knast rauszumarschieren. Ich sprach von dem nächsten Verhandlungstermin, von dem Antrag beim Europäischen Gerichtshof, und Meral sagte, dass die Zeit als solche für sie nicht mehr existiere.

»Es gibt ein Davor, und es wird ein Danach geben«, sagte sie. »Für mich ist diese Zeit hier, während ich sie erlebe, schon eine Erinnerung, ein Teil meiner Vergangenheit. Ich blicke auf mich selbst zurück, aber ich bin nicht hier. Ich kann nicht anders, als mich immerzu von außen zu betrachten. Vielleicht ist das meine Rettung.«

Sie sah kurz auf die Magazine und Medikamente, die ich ihr auf den Tisch gelegt hatte. Vom Gang hörten wir ein Kind schreien.

»Meral«, sagte ich, »Ihr Sohn wird noch eine Weile in Istanbul bleiben.«

Sie sah mich verwundert an.

»Aber das ist doch nicht nötig. Sein Leben ist doch in Berlin.«

»Er wohnt derzeit bei Elif.«

»Bei meiner Anwältin?«

»Ja. Sie vertritt auch Barış.«

Während ich noch nach den richtigen Worten suchte, hatte sie es längst verstanden.

»Soll das heißen, sie lassen ihn nicht mehr nach Hause?«

»Wir kümmern uns um ihn«, sagte ich und entdeckte in Merals Augen denselben Blick, den ich bei ihrem Sohn gesehen hatte.

»Diese elenden Hunde! Sie sollen lieber mir hundert Jahre geben!«

Es klang wie ein Befehl, wie ein letzter Wille. Eine Familie, in der jeder für den anderen ins Gefängnis gehen wollte. Eine Liebe, die nur den anderen retten wollte, weil es das Letzte war, was möglich blieb.

Eine Wärterin kam stumm an unseren Tisch, und ich bat sie um weitere zwei Minuten. Sie nickte kaum merklich, sah auf ihre Uhr, blieb aber neben uns stehen. Ich blickte sie so lange an, bis sie immerhin einen Schritt zurücktrat.

»Wir lassen nichts unversucht, Meral. Es wird für Ihre Verhandlung große Unterstützung geben.« Ich merkte, wie ich ungewollt flüsterte. »Einige Politiker aus Berlin haben ihr Kommen angekündigt, der Botschafter wird da sein, die Journalisten werden ausführlich berichten, auch über Barış. Das alles erhöht den öffentlichen Druck, und wir glauben, dass das in Ihrem Fall gut ist.«

»Versprechen Sie mir, dass Sie sich um ihn kümmern.«

»Wir tun alles, was wir können.«

Die Kraft zum Weitermachen steckte in der Illusion, dass die Dinge besser wurden. Wenn schon nicht die Welt, dann vielleicht das eigene Leben, aber vor allem das des eigenen Kindes. Ohne diese Illusion würden wir aufgeben, nur mit der Wahrheit und mit nichts als der Wahrheit wären wir verloren.

»Ich verspreche es Ihnen.«

»Danke für die Medikamente«, sagte Meral, bevor die Wärterin mich nach draußen begleitete.

6

Über mir standen Sterne, in eine steinerne Kuppel geschlagen, durch die das Tageslicht fiel wie Staub. Unter mir der heiße Stein, ich lag im Dampf wie aufgebahrt. Alles war weich und feucht, an den Uterus musste ich denken, an den ich keine Erinnerung hatte, aber eine Sehnsucht. Von der Moschee nebenan schallte der Gebetsruf durch das Hamam, während meine alte, beschmutzte Haut abgerieben wurde und alles im Schaum verschwand. Es war wie eine Initiation, als würde mich draußen ein neues Leben erwarten. Ich wollte in aller Unschuld noch einmal von vorn beginnen, wollte keine Angst kennen, keine Zweifel, keine Lügen. Ich wollte in diese Welt geworfen werden und nirgendwo aufschlagen.

In Bakırköy hatte es keine Ruhe gegeben, es war dort nirgends still. Das ständige Auf- und Zuschließen, die Lüftung, die Rohre, das Abwasser, im Gefängnis machte alles Lärm. Die Stille war ein Luxus, vielleicht nirgendwo so sehr wie in Istanbul. Als ich Meral das erste Mal besuchte, hatte mich ihre Unabhängigkeit fasziniert. Es schien mir Jahre her zu sein, so schmerzhaft dehnte sich die Zeit, in der sie hinter Mauern saß, während wir gegen andere liefen. Meral aber trug in sich eine

Freiheit, die sie zu beschützen schien, die sich wie ein Mantel um sie gelegt hatte. Und die jetzt zu zerfallen drohte.

Ich sah, wie meine tote Haut über den Marmorboden fortgespült wurde. Man hüllte mich in frische Tücher, und an der Hand der Wäscherin ging ich nach draußen in die Lobby, wo ich tief in die Kissen sank. Es war mein zwanzigjähriges Dienstjubiläum, und geschenkt hatten sie mir einen freien Tag. Keine Uhr, keine Plakette, keinen Champagner, nur einen freien Tag. Das Amt war nicht für seine Großzügigkeit bekannt.

Man brachte mir einen Apfeltee und Gebäck, niemand sprach. Es war ein Vakuum, das ich nicht wieder verlassen wollte. Hier wollte ich bleiben und auf die Revolution warten oder zumindest darauf, dass draußen eine bessere, gerechtere Zeit anbrach. Was wahrscheinlich hieß: Hier wollte ich sterben. Sie ließen mich nur nicht. Nach drei Gläsern und dem Ablauf der gebuchten Zeit bat man mich zu gehen. Ganz still und in aller Höflichkeit stieß man mich hinaus ins Leben. Wo ich eine Weile orientierungslos vor dem Ausgang stand; so neugeboren und gehäutet hatte ich kein Ziel, und das Letzte, was ich jetzt hören wollte, war ein leises deutsches Wispern.

»Ach, hallo.«

Langsam drehte ich meinen Kopf und sah ihn vor dem Eingang für Männer stehen. Es war der Journalist.

7

»Spätestens wenn Panflötenspieler in einer Straße auftauchen, weiß man, dass sie tot ist«, sagte er.

Wir hatten mitgezählt, wir schlenderten gerade an der fünften Combo vorbei. In der İstiklal Caddesi standen sie alle hundert Meter, und kein Istanbuler hörte ihnen zu. Sie hetzten und schlängelten sich durch diese Straße, die einst eine prachtvolle Flaniermeile gewesen war und jetzt nur noch aus internationalen Ketten bestand. Dazwischen wuselten die Müllsammler und Parfümverkäufer herum, an der Kreuzung standen wie immer die Polizisten mit einem Wasserwerfer bereit. Die Zeit des Flanierens war vorbei. Vor einem Geschäft, das laut Reiseführer die beste Pistazienschokolade der Welt anbot, drängelten sich Touristen. Die kleine Straßenbahn zuckelte bloß noch für die Fotos hoch zur Şişhane-Station, wo die Reisenden umstiegen in eine Zahnradbahn, die sie direkt zum Fähranleger in Karaköy brachte. Man konnte sich durch diese Stadt bewegen, als wäre die Zeit stehen geblieben. Das mochten die Menschen, sie reisten nach Istanbul wegen der Vergangenheit und nach Tokio oder Dubai wegen der Zukunft.

Und dann gab es noch die, die von Istanbul nichts anderes

wollten als ein paar mehr Haare auf dem Kopf. Die in Scharen an den Attraktionen vorbei und durch die Moscheen zogen, schmale Verbände um ihre rot punktierten Schädel. Das Geschäft mit den Transplantationen blühte. Männer aus aller Welt, die aussahen wie eine Invasion von Außerirdischen.

»Manchmal frage ich mich, ob man denen wirklich nur die Kopfhaut punktiert hat oder nicht doch das Gehirn. Ob diese Männer wieder eingesammelt und die Informationen von ihnen heruntergeladen werden.«

David lachte. »Sie trauen ja nicht mal den bedürftigsten Touristen über den Weg«, sagte er.

Wir liefen eine enge, steile Gasse hinauf, auf deren linker Seite sich ein unscheinbarer Eingang befand. Ein paar Stufen, eine schmale Glastür, dahinter eine dunkle Lobby. Es war eine dieser versteckten Schönheiten, derer die Stadt Tausende hatte, und ich war froh, zumindest ein paar davon entdeckt zu haben. Es waren Orte, von denen ich jetzt schon wusste, dass ich sie später vermissen würde. David folgte mir in den Fahrstuhl, wir fuhren hoch in die oberste Etage und betraten ein Restaurant auf der Dachterrasse, von der aus wir die halbe Stadt überblicken konnten.

»Irre«, sagte David ziemlich vorhersehbar. »Von oben ist diese Stadt noch schöner.«

Wir setzten uns an den kleinen Tisch, meinen Lieblingstisch in der hinteren Ecke, bestellten Meze und eine Flasche Wein. Mir war plötzlich nach Feiern zumute. Unfassbare zwanzig Jahre, dachte ich, das konnte ich ruhig mal feiern. Ganz still und heimlich. Ich erinnerte mich an den ersten Tag meiner Ausbildung in diesem elenden Bonn, das für mich die Erfüllung eines Traums gewesen war. Ausgerechnet Bonn war der Anfang der weiten Welt gewesen, der Beginn eines neuen Lebens, welches mir grenzenlos erschien. Dass Freiheit und Beamtentum nicht in ein und denselben Traum passten, wusste ich damals noch nicht.

Wir blickten auf Sultanahmet in der Dämmerung, die Hagia Sophia, die Blaue Moschee, den Topkapı-Palast, die ganze alte Pracht.

»Eine einzige Postkarte«, sagte David.

»Aber man will nicht wissen, was hinten draufsteht.«

»Wollen Sie mir meinen Job ausreden?«

»Vielleicht.«

Der Kellner kam, schenkte uns ein und stellte die Flasche in den Kühler neben unseren Tisch. Er lächelte mich dabei an, als wüsste er mehr über diesen Abend als ich.

Ich erhob mein Glas, wir stießen an, und weiter wusste ich nicht. Ich wollte auf Umwegen zum Thema kommen, möglichst galant, möglichst unauffällig, möglichst so, dass David es gar nicht merkte und am Ende glaubte, es sei allein sein Wunsch gewesen, mir alles zu erzählen. Doch wenn ich ehrlich war, war ich für Umwege ein bisschen zu müde, es war mein freier Tag, mein mattes Jubiläum.

»Ich hatte damals monatelang Angst vor Ihrer Reportage«, sagte ich also. »Und nicht nur ich, das halbe Amt hat gezittert.«

»Wovor hatten Sie denn Angst?«

»Vor dem, was Sie aus dieser Geschichte machen würden. Oder was Elke Büscher wünschte, was Sie daraus machen.«

Ich dachte an die Anzeige, die sie wegen unterlassener Hilfeleistung gestellt hatte und die schließlich fallen gelassen wurde, an die Medien, die sich nur langsam beruhigten, dieses dumpfe Gefühl des Scheiterns, das ich damals jeden Morgen in den Knochen gespürt, zuerst sogar für beginnendes Rheuma gehalten hatte.

»Sie sind keine Geschichte, Frau Konsulin. Kein Versagen, keine Fehltritte, kein Skandal. Journalistisch gesehen sind Sie eine Sackgasse.«

»Das freut mich zu hören.«

»Ich konnte einfach nichts finden. Nichts, nicht mal eine Kompetenzüberschreitung. Sie sind eine absolut gesicherte Frau, und das ist wahrscheinlich Ihre einzige Schwäche. Aber die Büscher wollte eine öffentliche Hinrichtung. Nachdem ich ihr gesagt hatte, dass bei Ihnen nichts zu holen ist, hat sie mich in die Lokalredaktion versetzt.«

»Das tut mir leid.«

Er lachte. »Ich glaube Ihnen kein Wort.«

»Berufskrankheit«, sagte ich.

»Ihre oder meine?«

»Ihre, dass Sie niemandem glauben, und meine, dass alle denken, ich würde lügen.«

In diesem Moment fiel eine Möwe vom Himmel, knallte auf die Terrasse, wo sie zweimal nach Luft schnappte und zu unseren Füßen starb. Wir starrten auf das verlorene Leben neben unserem Tisch.

»Machen Sie sich keine Vorwürfe«, sagte David.

»Wahrscheinlich ein Herzinfarkt. Mitten im Flug.«

»Nein, wegen dieser Tragödie in Uruguay. Sie hätten sie nicht verhindern können.«

»Und doch frage ich mich, was ich hätte anders machen müssen.«

Der Kellner kam mit einer Schaufel an unseren Tisch, kehrte die Möwe weg und spendierte uns einen Rakı. Jeden Tod müsse man mit Rakı begießen, meinte er, für eine gelungene Reise ins Paradies. Also tranken wir aufs Paradies, und ich erzählte, dass man mich danach in den Keller geschickt hatte, zur Krise.

David sah mich fragend an. »Man hat Sie ein Jahr lang in den Keller gesperrt?«

»Na ja, in Wahrheit liegt das Krisenreaktionszentrum im Erdgeschoss. Es fühlt sich bloß an wie der Keller. Ironie des Schicksals: Ich wollte die Welt sehen und bin in einem Bunker gelandet, mit Landkarten an den Wänden. Man sitzt da rum und wartet auf Anschläge, Entführungen, Revolutionen, Epidemien, die Pleite eines Reiseveranstalters, Deutsche unter den Opfern. Sie wissen schon. Wir vertreiben uns die Zeit mit Vorbereitungen und Analysen, in dem vermessenen Glauben, dass wir Katastrophen vorhersehen können.«

Der Kellner brachte uns einen weiteren Rakı, und ich begann mich zu fragen, ob David ihn heimlich dafür bezahlte.

»Und, können Sie?«

»Wir wissen, dass Aufstände nicht selten mit einer Erhöhung der Benzinpreise beginnen. Wir haben weltweite Evakuierungspläne für unsere Leute, aber wir können nicht sagen, wer im Ernstfall dazugehört. Im Notfall«, sagte ich, »haben die Leute immer mehr Anhang, als in den Akten steht. Wie allein die Menschen auch sind, im Falle einer Rettung nehmen sie mit, wen sie können.« Ich trank noch einen Schluck. »Das gehört zu den wenigen Dingen, die mich optimistisch stimmen.«

»Und jetzt Istanbul.«

»Die Chance meines Lebens. So hat die Personalabteilung es ausgedrückt.«

Er hielt mir eine Schachtel Zigarillos hin.

»Rauchen Sie?«

»Ach, warum nicht.«

Zigarillos und Rakı waren für mich eine höchst verderbliche Mischung, und ich schätzte die seltenen Abende, an denen mir das egal war. Ich fragte David, ob er hier an einer größeren Sache arbeitete, und dass ich ernsthaft *größere Sache* sagte, war ein deutliches Zeichen dafür, dass der Schnaps anschlug.

»Ich bin gerade erst angekommen«, sagte er und verlor sich im Anblick der Kulisse. Dann erzählte er, dass er nicht hierhergewollt habe, dass man ihn vielmehr abgeschoben hatte. »Die Zeiten, in denen Istanbul für Journalisten ein Traumposten war, sind vorbei.«

»Ihr Vorgänger recherchierte über etwas, wovon er uns nichts erzählen wollte«, sagte ich. »Nicht einmal, als er ausreisen musste.«

David hielt sein leeres Glas hoch und bestellte mit einem Nicken ein weiteres.

»Heute habe ich über die Rede des Präsidenten geschrieben«, wich er aus.

»Ja«, sagte ich. »Das geht immer. Auch wenn es niemanden mehr interessiert.«

»Er hat ein Krankenhaus eröffnet.«

»Er eröffnet hier jedes Einkaufszentrum, der Mann liebt Eröffnungen.«

»Und wie! Das Krankenhaus hatte heute zum zweiten Mal die Ehre.«

»Ist nicht Ihr Ernst!«

»Doch.«

»Passen Sie bloß auf, da rutscht einem ganz schnell eine Präsidentenbeleidigung in die Zeilen.«

»Keine Sorge«, sagte er mit einem unsicheren Lächeln und wandte den Blick von mir ab, hin zum Panorama.

Der Kellner brachte keine zwei Gläser mehr, sondern jetzt eine kleine Flasche Rakı an unseren Tisch, dazu einen Kübel mit Eiswürfeln. Ungeschickt schenkte David ein, das Eis knallte ins Glas, er tupfte mit einer Serviette die Flecken weg, und mit einer leichten Verwunderung bemerkte ich, dass ich ihn schön fand. Nicht attraktiv oder gut aussehend, sondern schön. Es lag nicht nur an den Gläsern, die ich geleert hatte, es lag auch an denen, die er getrunken hatte. Ich sah seine Unsicherheit, und kaum etwas fand ich an einem Mann anziehender als die Nervosität an einem ersten gemeinsamen Abend.

»Ich meine es ernst«, sagte ich zu ihm. »Hier sollte man auf Schnee laufen können, ohne Fußabdrücke zu hinterlassen.«

»Mit meinem Gesicht würde man eh keine T-Shirts bedrucken.«

»Sagen Sie das nicht. Im Siebdruck sind wir alle interessant. Trotzdem möchte ich Ihnen keine Zahnbürste bringen müssen.«

»Ich bin ein alter deutscher Sack, Frau Konsulin«, stellte er ohne Reue fest. »Da passiert nicht mehr allzu viel.«

»Wenn mich nicht alles täuscht, sind wir in einem Alter«, sagte ich.

»Aber Frauen fangen in dem Alter erst so richtig an.«

Und so, wie er es sagte, schien er das Leben in seiner Gänze zu meinen.

8

Seine Dachwohnung war stickig, klebrig fast, als würde sie auf-
quellen in dieser nächtlichen Spätsommerhitze; die Bücher
wellten sich in den Regalen, die Schallplatten in ihren Hüllen.

»Gehört alles meinem Vorgänger«, sagte David, als ich
mich umblickte und bevor er mich ein weiteres Mal küsste. Ich
dachte nicht darüber nach, was ich hier tat. Beim ersten Kuss
hatte ich damit aufgehört. Er war plötzlich gekommen, überraschend, nachdem die Sonne untergegangen war, und er war
so verheißungsvoll gewesen, dass ich nicht mehr aufhören
wollte damit. Wie der beste Kuss meines Lebens hatte er sich
angefühlt, was bestimmt Unsinn war, ich konnte mich bloß gerade an keinen besseren erinnern, und so oft küsste ich nun
auch wieder nicht. Aber wer wusste das schon, vielleicht konnte
ein alter deutscher Sack, ein Allergiker obendrein, gleichzeitig
einer der besten Küsser sein.

Rückwärts setzte ich einen Schritt nach dem anderen, orien-
tierte mich nur an seinem Körper, der mich festhielt und gleichzeitig auszog. Ich wunderte mich über seine rasante Nacktheit,
ob ich das gewesen war oder er selbst. David stieß die Tür zum
Schlafzimmer auf, öffnete meinen BH und erstarrte plötzlich.

Er hielt mich an den Schultern fest und blickte auf das Bett hinter mir, als würde dort ein toter Körper liegen. Langsam drehte ich mich um und verstand nicht sofort, was ich sah.

»Das sieht nach einer extravaganten Putzfrau aus«, war das Einzige, was mir einfiel.

»Ich habe keine«, sagte David. »Zumindest nicht dass ich wüsste.«

Wir standen nackt vor dem Bett und starrten auf ein riesiges Herz, geformt aus zwei Decken. Es war die Hochzeitssuite, die wir nicht gebucht hatten.

»Das nenne ich einen echten Liebestöter, aber immerhin haben sie sich Mühe gegeben.« Ich war schlagartig nüchtern.

»Was meinst du damit?«

»Guck nach, ob irgendetwas fehlt, Computer, Festplatten, Aufnahmegeräte, irgendwas.«

Es war nicht die Nacktheit allein, die David in diesem Moment so schutzlos wirken ließ, es war vielmehr die panische Angst um seine Daten, um sein Innerstes. Hektisch griff er nach seinen Kleidern, zog sich an und lief zum Schreibtisch.

Erschöpft stand ich vor dem Bett und starrte auf das Herz, bis ich endlich hineingriff und es zerwühlte. Ich schloss meinen BH, öffnete das Fenster und sah über die Dächer, die so unschuldig dalagen.

»Scheint alles hier zu sein«, rief David durch die Wohnung.

Ich zog mein Kleid an, suchte nach meiner Unterhose, die ich ausgerechnet am Türgriff baumelnd fand, und war dem Geheimdienst in diesem Moment sogar dankbar. Schließlich verfügte ich über die vollkommen sinnlose Fähigkeit, mich schon in einer ersten Nacht zu verlieben. Eine Fähigkeit, die nichts im Leben, wirklich gar nichts leichter machte.

»Lass am besten gleich morgen das Schloss austauschen«, rief ich zu ihm hinüber.

David saß gebückt an seinem Schreibtisch, der wahrscheinlich auch der Schreibtisch seines Vorgängers war, und drehte sich zu mir um.

»Du tust so, als wäre das alles vollkommen normal«, meinte er. »Macht dir das überhaupt keine Angst?«

»Ach, Angst«, sagte ich müde. »Angst ist auch nur eine Ermessensfrage.«

Außer einem *Hm* erwiderte er nichts. Ich strich ihm unbeholfen, unpassend mütterlich über den Kopf und bestellte mir ein Taxi, während David konzentriert am Computer saß und einzelne Dateien auf eine Festplatte kopierte.

»Jetzt hat uns ein Herz den Abend ruiniert«, stellte er fest.

»Das haben Herzen so an sich.«

Und obwohl nichts an diesem Satz komisch war, begannen wir beide zu lachen. Wir waren in einem Alter, in dem wir wussten, dass man eine solche Nacht, sofern man seine Würde behalten wollte, nur mit einem Lachen beenden konnte.

9

Als ich aufwachte, war mir, als röche ich Sucuk. Rührei mit Schafskäse und Tomaten. Ich roch sogar Oliven, ich roch alles, was ich an einem frühen Morgen verabscheute, und dazwischen hing der muffige Geruch von Zigarillos. Schlimmer als all das war nur der Gedanke, dass ich offenbar zum ersten Mal vergessen hatte, die Schlafzimmertür abzuschließen. Ich schloss sie immer ab, seit Jahrzehnten. Ich hatte sie schon abgeschlossen, als ich noch allein lebte, konnte nicht einschlafen, wenn ich wusste, dass sie offen war.

Als ich hörte, wie die Vorhänge aufgezogen wurden und das Licht steil ins Zimmer knallte, erkannte ich, dass es kein früher Morgen mehr war. Ich konnte mich nicht erinnern, wann ich das letzte Mal verschlafen hatte, vermutlich während meiner Ausbildung.

»Madam?«

»Ja, hier, bei der Arbeit«, knarzte ich und versuchte, meinen Schrecken zu verbergen.

»Guten Morgen, Madam.« Wenn Asena wollte, konnte sie klingen wie ein Engel. »Ich hoffe, Sie hatten einen schönen freien Tag. Jubiläum, nicht wahr?« Vielleicht hatte sie die offene Tür als einen Hilferuf verstanden, ein wahrhaft stummer Schrei.

»Wie spät ist es, wenn ich fragen darf?«

»Es ist exakt neun Uhr. Ich bereite gerade den Salon vor.«

»Für wen?« Ich saß jetzt aufrecht im Bett.

»Zwei Personen, die Rechtsabteilung hat den Termin erst vor einer Stunde gemacht. Und da dachte ich, ich schaue mal, wie es Ihnen geht.«

Danke, Asena, das ist wirklich nett von Ihnen, war das, was ich hätte sagen wollen, stattdessen hustete ich nur wie ein altes Wrack.

»Sind Sie krank, Madam? Ich habe Ihnen etwas zu essen vorbereitet. Ein türkisches Frühstück. Hilft, wenn man morgenkrank ist. Viel Löwenmilch getrunken, viel Frühstück essen. Das ist Tradition.«

Sie lächelte mich voller Güte an. »Ich mache es sehr oft für meinen Mann.«

»Wie geht es Ihrem Mann?« Langsam fand ich Stimme und Verstand wieder.

»Sehr gut, Madam, meinem Mann geht es immer gut, immer fröhlich, jetzt besonders. Unser Neffe heiratet bald, großes Fest am Meer, in Kaş.«

»Kaş soll sehr schön sein«, sagte ich.

»Oh ja, schönster Ort in der ganzen Türkei. Sie müssen einmal dorthin fahren, Madam.«

»Ja, das mache ich.«

»Aber jetzt erst einmal aufstehen!« Asena lachte. Über mich, vermutete ich. Sie hatte mich noch nie so gesehen, niemals morgens mein Schlafzimmer betreten. Etwas in mir fühlte sich wie Anfang zwanzig – verstrahlt in einem Bett aufwachen, und die beste Freundin bringt einem Kaffee. Aber ich war kürzlich fünfzig geworden, und Asena wurde für ihren Dienst bezahlt.

»Die Gäste kommen in einer halben Stunde, Madam.« Leise schloss sie die Tür hinter sich.

Neben das Frühstück hatte Asena eine neue Postkarte von meiner Mutter gelegt, darauf eine, warum auch immer, blaue Giraffe und in geschwungener Schrift die Worte: *Du bist die Größte.*

10

Wir saßen auf den brettharten Sesseln, tranken Filterkaffee, und Elif starrte auf ihre Untertasse mit dem aufgedruckten Bundesadler, während sie einen Würfelzucker lutschte. Sie trug ein verwaschenes graues T-Shirt, knallroten Lippenstift und sah vollkommen übernächtigt aus.

»Danke, dass Sie so schnell Zeit für mich hatten«, sagte sie zu mir, und Christoph, der Leiter der Rechtsabteilung, der zwischen uns saß, nickte mit Nachdruck. Auf seinen Knien lag ein Notizblock, auf dem bisher nur ein einziges Wort stand: Barış.

»Er ist weg«, sagte Elif geradeheraus und erzählte, dass seine Sachen verschwunden gewesen seien, als sie gestern Nacht nach Hause kam.

Mein Kopf hämmerte, das Sonnenlicht schmerzte. Ich stand auf, schloss die Vorhänge, stakste zurück zu meinem Sessel und fragte Elif, wie die Wohnung ausgesehen habe.

»Aufgeräumt«, sagte sie. »Er wurde nicht abgeholt, definitiv nicht.«

Barış habe sogar noch den Abwasch gemacht, erzählte sie ungläubig. Wäre es die Antiterrorpolizei gewesen, hätten sie alles verwüstet.

»Die schleichen sich nicht rein, das wissen Sie ja, die treten die Tür ein und machen einen Höllenlärm, damit es jeder mitbekommt. Nein«, sagte Elif wieder, »sie haben ihn nicht abgeholt, und wenn ich ehrlich bin, macht mir das noch größere Sorgen.«

»Er kann doch nicht zwei Tage vor der Verhandlung seiner Mutter abhauen!«, platzte es aus mir heraus.

»Barış sitzt seit Monaten hier fest, und seit Monaten bewegt sich nichts, gar nichts. Er konnte seinen Abschluss nicht machen, sein Laden ist bankrott, und fragen Sie mich nicht, was mit seiner Freundin ist. Wenn vorerst niemand davon erfährt, wird es Merals Verhandlung nicht beeinträchtigen«, erklärte sie. »Ich habe ihn gestern noch zur Wache gefahren, er muss sich jeden Dienstag dort melden, man wird ihn also frühestens in einer Woche vermissen.«

»Außer Meral«, wand ich ein. »Sie wird ihn früher vermissen.«

Elif meinte, dass sie mit ihr sprechen werde, und so wie sie klang, wollte sie das allein tun.

»Hat er mit Ihnen mal über eine mögliche Flucht gesprochen?«, fragte ich. »Hat er nach Kontakten gefragt?«

Denn das wäre es gewesen, was ich an seiner Stelle getan hätte. Ich hätte alles geplant, was ich geglaubt hätte, planen zu können, still und heimlich mein Verschwinden vorbereitet und mir meine Freiheit zurückgekauft. Schließlich hatte er ein Leben, das auf ihn wartete, eines, das sich auflöste, je länger er es nicht lebte.

»Kein Wort hat er gesagt. Das ist, entschuldigen Sie bitte, typisch deutsch. Alles allein schaffen zu wollen. Ich hätte ihm natürlich davon abgeraten, das muss ich ja, aber zumindest hätte ich dafür sorgen können, dass ein Kollege auf der anderen Seite auf ihn wartet. Sollte er es denn schaffen. Oder dass sich jemand Verlässliches darum kümmert.«

Christoph sah von seinem Notizblock hoch, der immer noch unbeschrieben war, und meinte, Barış habe bei ihrem letzten Treffen so einen Gedanken geäußert.

Er war ein erfahrener Diplomat, Anfang sechzig, der klassische Aufsteiger, hatte es vom gehobenen in den höheren Dienst geschafft, bis hin zum Leiter der Rechtsabteilung. Er war durch nichts aus der Ruhe zu bringen, und sosehr ich das auch schätzte, manchmal zerrte diese Ruhe, die unerschütterlich war, an meinen Nerven.

»Und was haben Sie dazu gesagt?«, fragte ich so gelassen, wie es mir gerade noch möglich war.

»Was ich immer sage: dass das keine Möglichkeit ist. Dass wir da nicht helfen können, gar nicht helfen dürfen. Dass wir ihn aber auch nicht aufhalten können und wenn, dann bitte in Richtung Westen, auf gar keinen Fall in Richtung Osten.«

»Das ist das, was Sie immer sagen?«

Christoph sah mich schweigend an. Nichts an dieser Antwort war falsch, sie war für mich bloß Ausdruck der totalen Kapitulation. Ich wandte mich wieder Elif zu, die sich von all dem, was sich hier abspielte, vollkommen unbeeindruckt zeigte. Was ich manchmal vergaß und eigentlich nie vergessen durfte, war die Tatsache, dass ich hier auch nach einem Jahr immer noch die Neue war. In den Augen der anderen war ich wahrscheinlich noch nicht einmal angekommen, hatte nicht einmal meine Sachen ausgepackt, war wie jede Neue vielleicht etwas überambitioniert. Ich wollte wissen, ob Barış von den neuesten Entwicklungen wusste.

»Wenn Sie die BKA-Informationen meinen, nein, wahrscheinlich nicht«, sagte Elif.

»Was heißt: wahrscheinlich nicht?«

»Er saß im Nebenzimmer, als ich mit dem Botschafter in Ankara telefoniert habe. Vielleicht hat er etwas gehört.«

»Aber Sie haben nicht mit ihm darüber gesprochen?«, hakte ich nach.

»Es gibt bisher keine Anklage«, sagte Elif. »Es gibt keine Akte, die ich einsehen könnte, es gibt offiziell überhaupt nichts. Seine Ausreisesperre hat keinerlei juristische Grundlage, zumindest keine, die man mir mitgeteilt hätte. Wir sind keinen Schritt weitergekommen.«

Ich verstand so gut wie sie, dass man da die Nerven verlieren konnte, dass man alles unternahm, um diesem Zustand zu entkommen, dass man blind vor Hoffnung agierte. Ich verstand es wirklich.

»Hat er sein Handy mitgenommen?«

»Ja, habe ich probiert, ist ausgestellt.«

»Kann Barış schwimmen?«, fragte Christoph unvermittelt. »Wissen Sie das?«

Elif schüttelte den Kopf.

»Kann er nicht schwimmen, oder wissen Sie es nicht?«

»Ich weiß es nicht.«

Elif lehnte sich vor und griff sich erschöpft einen Keks, woraufhin Christoph meinte, er werde Thessaloniki Bescheid geben.

»Die sollen an den Grenzstationen nachfragen.«

Das war das Erste und Letzte, was er auf seinem weißen Papier notierte.

Nachdem Elif gegangen war, standen wir auf dem Balkon und blickten in Richtung Westen.

»Er mag ein Idiot sein«, sagte Christoph, »aber er hat meine volle Unterstützung. In den drei Jahren, die ich jetzt hier bin, habe ich es nicht erlebt, dass auch nur eine einzige Ausreisesperre wieder aufgehoben wurde.«

Statt etwas zu entgegnen, konnte ich nicht anders, als auf seine Manschettenknöpfe zu starren, es waren Groschen, polierte Zehn-Pfennig-Stücke, die in der Sonne funkelten. Noch nie hatte ich so deutsche Manschettenknöpfe gesehen. Das war deutscher, als sich die Nationalfahne um den Körper zu wickeln. Als er meinen Blick bemerkte, sagte er: »Die habe ich von meinem Mann geschenkt bekommen. Ich muss sie tragen, sonst ist er beleidigt.«

»Ich verstehe.«

Wir blickten wieder in die Weite, und ohne ihn anzusehen, fragte ich, ob er jemals jemandem geholfen habe.

»Wie meinen Sie das?«

»Über die Grenze, über irgendeine.«

»Damit würden wir unser Amt kompromittieren.«

Christoph sah gedankenverloren auf die vorbeifahrenden Containerschiffe.

»Aber wenn es einem gelingt«, flüsterte er schließlich in den Wind, »ist es extrem befriedigend. Das hat mir einer von den Schweden erzählt. Man darf das Auto nur nicht selbst fahren. Niemals selbst fahren.«

Er sagte es wie zu sich selbst, auch sein Nicken schien der eigenen Vergangenheit zu gelten. Ich schloss die Augen gegen den Schmerz in meinem Kopf.

11

Wir gingen über den Vorplatz des Justizpalastes, eines gigantischen Granitbaus, der aussah wie eine Shoppingmall, als Christoph meinte, er habe kein gutes Gefühl.

»Eingang C, Saal 25«, sagte er. »Das ist nicht gut. Da weiß man es eigentlich schon vorher.«

Es war wie ein Glücksspiel, bei dem es keine Gewinne gab, nur die Höhe des Verlustes konnte variieren.

»Was bedeutet denn *nicht gut*? Haben Sie da eine Einschätzung?«

Philipp war gerade erst aus Ankara gelandet und sah reichlich zerknittert aus. Noch nie habe er so einen mörderischen Kurzstreckenflug erlebt, hatte er erzählt. Der Sturm sei so heftig gewesen, dass die Frau neben ihm vor Panik kollabiert war.

»Wir plädieren auf Freispruch, alles andere wäre eine Katastrophe. Und Saal 25 allein ist schon eine Katastrophe«, erklärte Christoph nüchtern. »25 und 36, da sitzen die korruptesten Richter. Wissen Sie«, sagte er an Philipp gewandt, »unter den Richtern gibt es eine Art Konkurrenz. Wer die höchste Strafe verhängt, steigt auf.«

Ich ergänzte, als könnte ich damit irgendjemanden in Schutz

nehmen, dass selbst die Richter unter Druck gesetzt würden, ihre Familien bedroht. Sie würden in andere Provinzen versetzt, entlassen, in Rente geschickt. Sie unterstanden dem Justizminister, und der unterstand dem Präsidenten.

Christoph nickte. »Das Ende der Gewaltenteilung«, sagte er.

Wir gingen vorbei an einer kleinen Gruppe, die wirkte, als stünde sie jeden Morgen hier. Das Lachen, die Begrüßungen, die Umarmungen. Ein Transparent, ein Megafon, der aufkommende Wind über dem Platz. Alles war Routine, ein paar Handybilder, ein Livestream, und am Rand warteten die gepanzerten Polizeiwagen.

Vor dem Eingang standen die Menschen an. Dies war das vielleicht einzige Gericht der Welt, wo sich täglich Schlangen bildeten. Nach der Sicherheitskontrolle gelangten wir in die riesenhafte, glänzende Lobby, gingen vorbei an dem Informationstresen, dem Fotoautomaten, dem kümmerlichen Stand, der Tee und Sandwiches verkaufte, hinauf in die zweite Etage. Wir sprachen kein Wort, so ging es mir jedes Mal, wenn ich das größte Gericht des Kontinents betrat, ich verstummte, als würden die Hallen mich betäuben. Ich sah Philipp an, dass es ihm ähnlich ging, wir bewegten uns wie Geister, die ihre ersten Schritte in der Unterwelt machten und nicht erwartet hatten, wie poliert und lichtdurchflutet sie war.

Vor dem Saal trug das weibliche Sicherheitspersonal Kopftuch und Waffe, daneben standen im Pulk die deutschen Journalisten, unter ihnen ein Parlamentarier aus Berlin sowie Unterstützer und Freunde von Meral. Es kam mir vor, als wäre die Luft eisern vor Anspannung. Elif kam zu uns herüber, mit einem Lächeln, als wollte sie uns trösten, als wären wir es, die Trost brauchten. In ihrer Robe war sie kaum wiederzuerkennen.

»Wir haben Hoffnung«, sagte sie. »Sie wissen ja, Hoffnung ist das Brot der Armen.« Elif lachte eine kurze Sekunde lang, bevor sie sich bei uns und besonders bei Philipp bedankte. Sie betonte noch einmal, wie wertvoll unsere Anwesenheit sei, sprach von Beistand und nannte sein Kommen »ein wichtiges Signal«. Mir selbst kam es in diesem Moment bloß noch wie funktionelles Herumstehen vor. Die Besucher pressten sich zu Dutzenden durch die schmale Tür in den Saal. Wie üblich wurde nicht nur ein Fall verhandelt, sondern eine ganze Reihe, es lief wie am Fließband. Der Justizpalast war eine Fabrik, er produzierte die Opposition.

Im Gedränge spürte ich plötzlich eine Hand an meinem Rücken, eine kleine, verstohlene Geste der Vertrautheit.

»Schön, dich zu sehen«, sagte David leise, dann zog es uns schon wieder in verschiedene Richtungen, er blieb im Pressepulk, ich drängelte Philipp hinterher. Mein Lächeln war wie eine Entschuldigung, für den Moment, für den Ort, das ganze Hier und Jetzt. Für das, was zwischen uns nicht passiert war und nie passieren würde.

Die Angeklagten warteten in der Mitte des Raumes. Sie wandten ihre Köpfe, winkten, und der Saal winkte lautstark zurück, bis die Justiz in schimmernden Roben die Bühne betrat. Hinter ihnen prangte in großen Lettern ein Satz an der Wand, den Elif mir bei meiner ersten Verhandlung im letzten Sommer mit einem bitteren Lachen übersetzt hatte. *Das Recht ist das Fundament des Staates.*

12

Es gab Hühnchen und Reis, Paprikaschoten, Köfte und für alle eine Suppe. Nur Appetit hatte niemand. Wir saßen in der Lokanta, gleich um die Ecke vom Justizpalast, in die wir immer gingen und in der sich ausschließlich Anwälte, Angeklagte und Freunde trafen, während die Journalisten schon wieder an ihre Computer eilen mussten. Ein wuseliges Lokal mit Tischen aus Plastik und Kacheln an den Wänden. Ich kannte keinen anderen Ort, wo sich auf sechzig Quadratmetern derart viele Emotionen drängten. Hier wurden Freilassungen bejubelt, jahrelange Inhaftierungen verflucht, hier wurde gelacht, geschimpft, geweint, hier lehnte man stumm vor Erschöpfung und Trauer an der Wand. Und versuchte, sich nicht unterkriegen zu lassen. Gerichtsverhandlungen waren inzwischen traditionelle Veranstaltungen geworden, so wie Geburtstage, Hochzeiten oder Beerdigungen, man traf immer die gleichen Menschen, und manchmal, manchmal gab es sogar etwas zu feiern. Ich musste an Merals Gesicht denken, nicht das, was ich im Gerichtssaal gesehen hatte, sondern jenes, was daraus verschwunden war. Dort drinnen hatte es einer rohen Maske geglichen, ohne Leben, ohne Kraft, ihre Haut war aschfahl gewesen. Sie hatte nicht mehr gesagt als ihren Namen, den Rest hatte Elif übernommen, und das war nicht viel gewesen, aber das einzig Richtige. Da ein medizinisches Gutachten fehlte, hatte sie eine Vertagung beantragt. Landete man im Saal 25, war eine Vertagung der größtmögliche Sieg, darüber waren sich alle einig. Und diesen Sieg hatten wir errungen. Ein Sieg, an dem es nichts zu feiern gab, bei dem man höchstens ein leises Seufzen der Erleichterung hervorbrachte. Christoph war an dem Punkt angekommen, an dem er überschwänglich die gefüllten Paprikaschoten lobte. Was nichts anderes hieß, als dass er mit seinem Latein am Ende war. Elif nickte höflich, ohne dabei den Blick von ihrem Handy abzuwenden.

Noch immer gab es keine Nachricht von Barış, und wir versuchten, uns einzureden, dass das gut war, im Rahmen der Umstände gut, er war unterwegs, immerhin noch unterwegs. Das war es, was wir glauben wollten, gleichzeitig haftete unserem Schweigen etwas Nervöses und Bedrücktes an, Philipp wackelte unruhig auf seinem Plastikhocker herum. Wenn er eines nicht aushielt, dann war es Schweigen. Er fragte Elif, wie lange sie schon als Anwältin arbeitete.

»Seit sechs Jahren«, sagte sie und strich sich über die Stoppeln auf ihrem Kopf.

»Ist das immer Ihr Ziel gewesen, Anwältin?«

»Es ist so gekommen. Mein Onkel wurde kurz vor meinem Schulabschluss inhaftiert. Ich lebte damals noch mit meinen Eltern in Dortmund. Danach bin ich in die Türkei zurückgekehrt und habe begonnen, Jura zu studieren.« Sie lachte kurz und meinte, das sei der klassische Weg. »Die meisten Anwälte, die hier sitzen, waren zuerst Angehörige. Der Kampf vererbt sich, als hätten wir die Gefängniszelle in unseren Genen.«

Je mehr ich von Elif wusste, desto größer wurde mein Respekt. Sie war die Art von Anwältin, die ich einmal hatte werden wollen, doch noch vor Ende meines Jurastudiums hatte ich erkannt, dass mir der Mut dazu fehlte. Ein Jahr später bewarb ich mich beim Auswärtigen Amt. Ich fragte mich, ob sie jemals in ihrem Leben auch nur für einen Tag aufgegeben hatte. Ob ihr jemals der Gedanke daran gekommen war.

»Noch Tee?«, fragte sie, während sie bereits bestellte.

13

Es war das erste Mal, dass ich Elif umarmte. Wenn ich ehrlich war, war ich diejenige, die eine Umarmung nötig hatte. Wer wollte nicht hin und wieder einer Frau um den Hals fallen, die man für stärker hielt als sich selbst. Wir verabschiedeten uns vor der Lokanta, und Philipp versprach, bei der nächsten Verhandlung wieder dabei zu sein.

»Wir kriegen sie da raus«, sagte er und nickte so überschwänglich, als hätte er gerade die beste Idee des Jahrzehnts ausgesprochen.

»Ich melde mich!«, rief Elif und verschwand in dem Gewirr der Straßen, aus dem jetzt auch unser Fahrer auftauchte. Die schwarze Limousine hielt direkt vor uns, und Christoph ließ sich sofort auf den Beifahrersitz fallen. Während Philipp mir noch die Tür aufhielt, rauschte hinter uns ein Motorroller heran, zu schnell, zu nah. Reflexartig griff ich nach meiner Handtasche, eine Reaktion, für die ich mich sofort schämte, als der Fahrer neben uns abbremste und ich sein Gesicht erkannte. David sah mich fassungslos an, doch diese Fassungslosigkeit schien nicht mir zu gelten, sie schien in seinem Gesicht eingebrannt.

»Wo hast du den Roller her?«, fragte ich, als hätte das irgendeine Bedeutung.

»Hat mir mein Nachbar geliehen«, keuchte er. »Ich hätte auch anrufen können, aber ... ich weiß nicht.«

»David, was ist passiert?«

»Meine Wohnung ...«

»Mehr Herzen?«

»So könnte man es auch nennen.«

Neben uns räusperte sich Philipp. »Es tut mir leid«, sagte er, »aber mein Flieger, ich bin ein bisschen spät dran.«

»Ja, Entschuldigung«, sagte ich, und dann entschuldigte sich David, und Philipp entschuldigte sich, und als wir mit dem ganzen Entschuldigen fertig waren, stieg er ohne mich ein und fuhr zum Flughafen. Ich sah, wie er und Christoph sich im Wegfahren zu uns umdrehten. Wahrscheinlich hielten sie das, was sie sahen, für Romantik. Sogar ich hatte einen Augenblick lang gedacht, David sei wegen mir hier, also wirklich wegen mir, aber die Frau, die jetzt auf den Motorroller stieg, war nicht ich, sondern die Konsulin. Die Konsulin, die sich ohne Helm auf dem Rücksitz durch die halbe Stadt kutschieren ließ, um sich auch das nächste Unglück noch anzuschauen.

14

Dieses Mal hatten sie sich keine Mühe gegeben. Die Tür zur Wohnung war eingetreten, da hätte David sich das neue Schloss auch sparen können, und es tat mir leid, ihm einen so naiven Rat gegeben zu haben. Die Schubladen waren aufgerissen, die Schränke ausgeräumt. Auf seinem Schreibtisch herrschte nichts als Leere, kein Computer, keine Notizen, keine Aufnahmegeräte oder Festplatten, absolut nichts mehr.

»Willst du ein Bier?«, fragte David, der es offensichtlich nötig hatte. Er holte zwei Flaschen aus dem Kühlschrank, riss die Deckel ab und nahm einen tiefen Schluck.

»Hast du jemandem Bescheid gesagt?«

»Der Polizei, meinst du?«

»Die wissen es wahrscheinlich längst.«

David tat, als würde er nachdenken, und mir wurde klar, dass er das wirklich tat. Er dachte darüber nach, was er mir erzählen sollte und wie. Er fragte sich erst jetzt, nachdem er mich in einem Anfall von Panik hierhergeholt hatte, ob er mir vertrauen konnte. Bei unserer letzten Begegnung waren wir nahezu nackt gewesen, ungeschützt, und Menschen, die über das nötige Vertrauen erst nachdachten, nachdem sie einander ausgezogen hatten, waren mir seit jeher suspekt. Was allerdings auch hieß, dass ich mir selbst verdächtig war. Er traute mir nicht, weil ich selbst es nicht tat. Weil es zu unseren Jobs gehörte, vorsichtig zu sein, so vorsichtig, dass manche nicht einmal ihrem eigenen Partner trauten. Oder die Regeln uns verboten, dem Partner zu vertrauen.

»Nur Jürgen«, sagte er leise, beinahe flüsternd.

»Welcher Jürgen?«

»Ihm gehört die Wohnung.«

»Aber es ist dein Material.«

»Nicht ganz«, sagte David. »Wir arbeiten zusammen daran.«

»An was?«

Er gab mir eine Flasche Bier und ging hinaus auf die Dachterrasse. Sein großer, schwerer Körper wirkte nervös. Dieser Körper, der aussah, als könnte man bei ihm Schutz finden vor der Welt, schien zu zittern. David strich sich durch sein dunkles, für sein Alter überraschend volles Haar, bevor er draußen Musik anschaltete, die Lautstärke hochdrehte und sich an die Brüstung lehnte, als wollte er die Aussicht genießen. Wenn man erst einmal wusste, dass man verfolgt wurde, galt ein solches Verhalten nicht mehr als paranoid, sondern als pragmatisch. Mit der Flasche in der Hand folgte ich ihm, auf dem Weg warf ich die Handtasche mit meinem Handy darin aufs Sofa. Zwei verlorene Pragmatiker in der Nachmittagssonne. Es hätte ein hübsches Bild sein können.

Er brannte sich ein Zigarillo an und hielt mir die Schachtel hin.

»Heute nicht«, sagte ich und wartete ab, bis er die ersten

Züge genommen hatte, die Anspannung ausgeatmet. Reden wollte er offenbar immer noch nicht. Schweigend blickte ich mich auf der Terrasse um, die voller Blumentöpfe und Kräuterkästen stand, nicht ein einzelner Zweig vertrocknet, kein einziges welkes Blatt. Er war offensichtlich ein Mann, der seinen Pflichten nachkam.

»Hast du Familie, David?«

Er drehte sich zu mir um.

»Das ist das erste Mal, dass du mich das fragst.«

»Ja, ich fürchte, ich habe den richtigen Moment verpasst.«

»Und jetzt, nehme ich an, ist es keine private Frage mehr.«

»Richtig, jetzt muss ich alles wissen.«

»Ex-Frau, zwei Kinder. Studieren beide schon«, antwortete David. »Vor drei Jahren bin ich noch mal Vater geworden, ein kleiner Junge.«

»Und die Mutter?«

»Wünscht sich ein zweites. Sie ist noch jung. Kannst du dir ja denken.«

»Ich kann dir nur raten, deine Sachen zu packen und nach Hause zu fliegen.«

Er trank einen Schluck Bier und blickte über die Dächer.

»Die Aktivitäten des MIT in Deutschland«, begann er. »Wie operieren sie, wer steht auf deren Liste und wie sind die entsprechenden Personen da draufgekommen? Welche BKA-Informationen landen beim türkischen Geheimdienst und warum, von wem? Wer sind die Verbindungsbeamten und unter wessen Einfluss stehen sie? Wie kann es sein, dass bei uns türkische Staatsbürger in einem laufenden Asylverfahren verschwinden und erst Monate später wieder auftauchen, und zwar hier, gefoltert, traumatisiert? Warum wird ein 25-Jähriger, der nie in der Türkei gelebt hat und seine Mutter im Gefängnis besuchen will, bei der Einreise festgenommen?«

Ich griff nach der Schachtel mit den Zigarillos und zündete mir jetzt doch einen an.

»Das sind so die Fragen, die wir uns stellen«, sagte David.

»Wem stellt ihr diese Fragen noch?«

»Diese Leute können bis in die letzte Datei kriechen, den gesamten Papierkorb entleeren, sie werden keinen einzigen Klarnamen finden. Keine Fotos, keine Videos, kein einziges Gesicht.«

Ich begann wie eine Anfängerin zu husten, hatte aus Versehen oder aus alter, letztlich nie überwundener Nikotinsucht einen tiefen Zug inhaliert.

»Ich bin vorsichtig, Fred. Immer gewesen.«

Mit einem Schluck Bier versuchte ich, den stechenden Qualm aus der Kehle zu vertreiben, und bellte schließlich einen Satz, der wie eine leere Hülse aus meinem Mund fiel.

»Wir können dich hier nicht schützen.«

David sah mich an und nickte.

»Ich glaube, ich brauche noch ein Bier«, sagte er. »Du auch?«

»Flieg nach Hause, David.«

»Ich bin ein deutscher Journalist mit einem deutschen Pass, und ich habe eine Redaktion im Rücken.«

»Am besten sofort«, sprach ich weiter, als hätte er nichts gesagt.

»Ich frage mich, ob deine Sorge wirklich mir gilt. Oder nicht doch deinem Amt.«

Er leerte seine Flasche und machte sich auf den Weg, eine neue zu holen.

»Dann buch dir wenigstens ein Zimmer irgendwo«, sagte ich. »Du kannst nicht in dieser Wohnung bleiben.«

»Irgendwelche Empfehlungen?«

»Nimm nicht das Zimmer, das sie dir als Erstes anbieten. Nimm ein anderes Stockwerk. Stöpsle das Telefon aus.«

»Ich dachte eigentlich, du könntest mir ein Hotel empfehlen.«

Mit einem Kopfschütteln verschwand er in der Küche.

15

Auf meinem Schreibtisch stapelten sich die Akten und Berichte, ich überflog sie mehr, als dass ich sie las. Kaum ein Satz blieb hängen, in fünfzehn Minuten hatte ich den nächsten Termin, Kultur und Presse wollten meine Lieblingsveranstaltung besprechen, den bevorstehenden Tag der deutschen Einheit. Manchmal hatte ich den Eindruck, irgendwo nahte immer ein dritter Oktober.

Asena schwebte mit einer kleinen Karaffe frischem Granatapfelsaft herein. Nachdem ich ihr einmal gesagt hatte, wie sehr ich den mochte, presste sie jeden Tag welchen für mich. Geräuschlos stellte sie das Tablett auf dem Tisch ab. Von ihr ging heute ein besonders helles Strahlen aus, und als ich sie ansah, schien sie mir zehn Jahre jünger. Sie lächelte, als sie meinen Blick bemerkte.

»Ja, Madam«, sagte sie, »ich war im Salon, Haare, Augenbrauen, alles picobello.«

»Sie sehen fantastisch aus, Asena.«

»Danke, Madam. Am Wochenende ist die große Hochzeit. Sie erinnern sich? In Kaş.«

»Aber was machen Sie dann noch hier?«

»Ja, ja,«, sagte sie. »Gleich holt mich mein Mann ab, und wir fahren zum Flughafen. Aber ich habe heute Morgen zu ihm gesagt, Madam braucht ihren Saft, sie hat eine anstrengende Zeit, und ohne mich vergisst sie zu trinken. Ihre Mutter schickt Ihnen Schinken, und ich bringe Ihnen Saft. Ist gut gegen Brustkrebs, gegen Diabetes, gut gegen alles. Und gut gegen alles ist das, was wir brauchen.«

»Was würde ich ohne Sie nur machen?«

»Das will ich gar nicht wissen.«

»Genießen Sie Ihren Urlaub, Asena!«

»Aber Madam, eine Hochzeit ist doch kein Urlaub.«

Sie lachte und machte einen letzten Knicks in der offenen Tür.

»In einer Woche bin ich wieder da«, rief sie und verschwand.

Ich fragte mich, in welchem Zustand sie mich in einer Woche antreffen würde. Vielleicht hätte ich bis dahin Diabetes oder Schlimmeres. Einen deutschen Journalisten in Haft zum Beispiel oder unsere Verbindungsbeamten in Aufruhr. Vielleicht hätte ich wieder die Büscher am Telefon, und dieses Mal würde sie mich nicht ziehen lassen. Ich fragte mich auch, ob das Essen mit David wirklich ein Zufall gewesen war, unsere Nacktheit ein betrunkenes Versehen, ob es wirklich um mich gegangen war oder nicht doch bloß um das, was ich wusste oder er zumindest glaubte, von mir erfahren zu können. Nach dem Sex neigten Menschen dazu, viel zu reden. Die wertvollsten Informationen hatte ich nie in geheimen Dokumenten gefunden, sondern immer im Bett eines anderen. Und je mehr ich selbst wusste, desto sicherer war es, in meinen Kleidern zu bleiben.

Ich wurde mehr und mehr zu einer Frau, die man vielleicht bewunderte, aber nicht mehr begehrte, und ich nahm es hin, manchmal mit Wehmut, manchmal mit Erleichterung, nur selten mit Verzweiflung. Die Reue über die verpassten Chancen war klein, aber schmerzhaft. Die Mutlosigkeit, Unentschlossenheit, die falsche Wahl der Lieben, die Tatsache, dass Männer jetzt Eheringe am Finger trugen, die sie auch nachts nicht ablegten, dass Affären im politischen Geschäft verlässlich ins Unglück führten. Den Halt hatte ich stets nur in mir gesucht und in meiner Arbeit gefunden. Ich versuchte, mich zu konzentrieren.

16

Nachdem wir die Nachricht erhalten hatten, vor der wir uns seit Tagen fürchteten, waren wir sofort losgefahren. Im Wagen hatte Christoph sich noch zu dem Kommentar hinreißen lassen, dass zum Glück nichts Schlimmeres passiert sei. Allein die Tatsache, dass jemand noch am Leben war, galt manchmal schon als Glück.

Sein Notizbuch lag jetzt unberührt auf dem Küchentisch, wo Barış es anstarrte, während Elif aus dem offenen Fenster blickte und fragte, ob das mein Fahrer sei, der draußen vor der Tür parkte.

Es war eine enge Straße, mitten im Gewühl von Beşiktaş. Man sah nur die gegenüberliegenden Häuserfronten, die Klimaanlagen an den Fassaden, kein Himmel, nicht die Spur von Licht. Istanbul war hier nichts als dreckig und lärmend.

Dass es mein Fahrer war, beruhigte Elif kaum. Der Geheimdienst parkte nur deshalb nicht direkt vor dem Haus, weil da die Sicht am schlechtesten war, das wussten wir alle.

Barış war kurz hinter Edirne und kurz vor Erreichen des Grenzflusses Evros in eine Kontrolle geraten, bei der er nichts vorweisen konnte als seinen nutzlos gewordenen deutschen

Pass. Er hatte achtundvierzig Stunden in Untersuchungshaft verbracht, war dem Staatsanwalt vorgeführt worden und stand jetzt mit einer Fußfessel an Elifs Herd. Sein Gesicht war unrasiert, die Jeans dreckig und statt seines gebügelten Hemdes trug er ein verschwitztes T-Shirt. Seit unserer Ankunft hantierte er mit Töpfen und Förmchen, kochte Zucker in Wasser auf und zerschnitt Teigfäden. Wie lange er in Hausarrest bleiben musste, konnte niemand sagen. Man warf ihm nicht nur den Fluchtversuch vor, sondern vor allem die Unterstützung einer Terrorvereinigung, die Jahre zurückliegende Protestaktion am Flughafen Tegel. Sie hatten ihren Joker gezogen, und es waren unsere Leute gewesen, die Faxe geschickt und womöglich ein Leben ruiniert hatten. Austausch von Informationen, bilaterale Zusammenarbeit, vielleicht auch nur ein Missverständnis.

»Es tut mir leid, Ihnen das sagen zu müssen, aber ich werde bei der Staatsanwaltschaft Berlin Strafanzeige gegen Unbekannt stellen, wegen Verletzung des Dienstgeheimnisses.«

Elif sah uns an, und nicht einmal Christoph widersprach noch. Die Erschöpfung war uns allen anzumerken, die Erschöpfung darüber, an zu vielen Fronten kämpfen zu müssen, dass jeder Schritt, den man setzte, einer zurück war, dass sich alles in die falsche Richtung bewegte. Barış aber goss Butterschmalz über die Teigfäden und begann, die Masse zu kneten.

Er sagte, dass er keinesfalls vor Merals Verhandlung habe verschwinden wollen, aber der Anruf des Schleppers sei früher gekommen als erwartet. Er habe keine Wahl gehabt. Von dem Geld, das er für diese Reise schon angezahlt hatte und das ansonsten weg gewesen wäre, sprach er, von seinem letzten Geld.

»Entschuldigen Sie«, sagte Barış mit einer Stimme, die

seine ganze Anspannung, seinen ganzen Frust verriet. »Ich bin kein geduldiger Mensch.«

Er wollte nicht, dass seine Mutter davon erfuhr. Wie schlimm es auch für ihn war, für sie wäre die Situation schlicht unerträglich.

Da war Meral nicht anders als andere Mütter. Die Frage war nur, wie wir Barış' Lage vor ihr verheimlichen konnten und ob das richtig war. Manchmal entpuppte sich das Unzumutbare im Nachhinein als das einzig Vernünftige.

»Es war schon immer so«, sagte Barış. »Wenn ich leide, verliert sie den Verstand. Deshalb habe ich immer versucht, ein glückliches, starkes Kind zu sein.« Er schüttete die Teigmasse in die Förmchen.

Ob er etwas brauche, fragte Christoph. »Bücher, Kleider, Sachen aus Berlin?«

»Ich weiß nicht mehr, was ich brauche«, sagte er und fragte, ob wir auch eine Portion Künefe wollten.

Christoph und ich lehnten höflich ab, und Barış ging zum Kühlschrank, holte eine Packung Mozzarella heraus. Er zog sein rechtes Bein nach, seine Bewegungen waren die eines alten Mannes, die Fußfessel lähmte ihn von unten aufwärts.

Ich fragte, ob es nicht doch irgendwelche Verwandten gebe, wo er bleiben könnte. Statt Barış antwortete Elif und sagte, dass er einen Cousin in der Nähe von Izmir habe. »Aber Barış meint, er säße lieber im Gefängnis als in einer Wohnung mit seinen Verwandten.« Sie sprach über ihn, als wäre er gar nicht im Raum, was nicht ganz falsch war. Unbeteiligt begann Barış, den Mozzarella über den Teig zu verteilen und die Masse festzudrücken.

»Wir würden Sie gern unterstützen, wo immer es geht«, sagte ich.

»Es ist in Ordnung, wirklich. Mein Mann und ich machen das gern, das ist selbstverständlich. Bringen Sie ihm Bücher, Kochbücher am besten. Besonders für türkische Süßspeisen«, fügte sie hinzu und rang sich ein Lächeln ab.

»Das machen wir«, versprach ich. »Ich werde außerdem mit dem Ministerium sprechen.«

Elif sah mich an. »Darf ich Sie etwas fragen?«

»Natürlich.«

»Warum kümmern Sie sich persönlich darum? Ihren Vorgänger habe ich höchstens bei den Verhandlungen gesehen.«

»Weil ich das Gefühl habe, wir hätten zumindest das hier verhindern können.«

»Das haben Sie versucht. Christoph hatte ihm von der Reise in die Türkei abgeraten.«

Ich nickte. »Wir raten ständig ab. Wir raten ab von Reisen in den Südosten, von sozialen Medien, von Demonstrationen, von Kundgebungen. Wir raten davon ab, die eigene Mutter im Gefängnis zu besuchen. Aber Abraten allein ist keine Diplomatie.«

Ich sah, wie Barış konzentriert den Zuckersirup in die Schälchen goss.

»Warum sind Sie dann zum Auswärtigen Amt gegangen?«, fragte Elif.

Das war eine berechtigte Frage, die ich mir selbst in letzter Zeit häufiger stellte.

»Ich wollte die Welt verstehen«, sagte ich.

»Und?«

»Da habe ich mir vielleicht etwas zu viel vorgenommen.«

»Das kenne ich gut. Die Ansprüche wachsen mit den Möglichkeiten. Aber manchmal schätzen wir die falsch ein, Frau Konsulin.«

Als wir das Haus verließen, blieben wir kurz stehen und blickten uns um.

»Schauen Sie sich das an«, sagte Christoph. »Sie versuchen nicht mal, sich zu verstecken. Ich habe noch nirgends eine Geheimpolizei erlebt, die mit ihrer Präsenz dermaßen angibt.«

Die Männer vom MIT standen auf der Straße verteilt wie Komparsen auf Anfang.

»Gefährlich wird es erst, wenn wir sie nicht mehr sehen«, sagte ich.

»Elif hat recht«, bemerkte er.

»Womit?«

»Sie sollten auf sich aufpassen.«

»Ich glaube nicht, dass sie es so gemeint hat.«

»Jeder hört das, was er hören will.«

»So ist es«, sagte ich. »Haben wir dieselbe Richtung?«

»Wenn Sie damit meinen, ob ich auch ins Büro muss: Ja.«

»Dann steigen Sie ein.«

17

Es war eine kurze Strecke zurück ins Konsulat, das gleich hinter dem Taksim-Platz lag. Keine vier Kilometer, die allerdings an jedem gewöhnlichen Nachmittag endlos werden konnten. Autos, Taxen, Busse, alles schob sich in stoischer Ruhe Meter um Meter durch die Hauptstraßen im Zentrum voran. Es war diese Ruhe, die mir immer noch ungewöhnlich erschien, kein Schreien, kein Hupen, keine Aufregung, als hätte die ganze Stadt sich ihrem Chaos ergeben. Es war lächerlich, so zu tun, als könnte man etwas ändern.

Christoph und ich saßen schweigend auf der Rückbank, in den Händen die Telefone, auf denen wir unsere Nachrichten überflogen.

»Ach du Scheiße«, hörte ich ihn plötzlich neben mir fluchen und spürte einen fundamentalen Widerwillen in mir, ihn zu fragen, worum es ging. Für einen Moment glaubte ich, wenn ich keine Fragen mehr stellte, müsste ich keine Antworten mehr hören. Keine neuen Probleme.

»Verdammt!« So einfach ließ Christoph mich nicht davonkommen. Er sah kopfschüttelnd aus dem Fenster, bis ich ihn endlich fragte, was los sei.

»Dieser neue Korrespondent ...«, fing er an, und alles in mir verkrampfte sich.

»Der alte Junge mit dem Motorroller«, fügte er hinzu, und ich glaubte, darin einen leisen Vorwurf zu hören. Den Vorwurf des Persönlichen, der unsauberen Trennung zwischen Beruf und Privat, als ließe sich ein Leben in zwei Hälften schneiden, als sollte man das wirklich anstreben, sich in der Mitte zu teilen.

»Was ist mit ihm?«, fragte ich.

»Er wird gesucht«, sagte Christoph. »Sein Name steht auf der Liste.«

»Wer hat Ihnen das geschrieben? Auf welcher Liste?«

Er hielt mir sein Telefon hin.

»Mir persönlich hat das leider niemand geschrieben. Es steht in der Zeitung, online.«

Ich verstand nur jedes dritte Wort, mein Türkisch reichte bloß für Stichpunkte, nicht für Feinheiten, und dass ausgerechnet ein Begriff wie *vatana ihanet* zu meinem Vokabular gehörte, verriet alles über meine Prioritäten. Ich kannte den Ausdruck für Urlaub nicht, wohl aber den für Hochverrat.

Von der Veröffentlichung von Staatsgeheimnissen war die Rede, von Geheimnisverrat und von einer Chatgruppe, in der Informationen ausgetauscht worden seien. Fünf ihrer Mitglieder wurden in der vergangenen Nacht festgenommen, nach drei weiteren suchte man noch, und David war einer von ihnen.

»Verstehe ich das richtig«, fragte ich Christoph, »es ist bisher nichts Offizielles von dieser Gruppe erschienen?«

Er nickte. »Ja, es gibt nur diese Chatgruppe, aber bisher keine Veröffentlichung, keinen einzigen Artikel.«

»Was letztlich egal ist, nicht wahr? Das Private ist öffentlich genug.«

»Das Private ist schon lange abgeschafft, wenn Sie mich fragen. Wo ist er jetzt? Wissen Sie das vielleicht?«

Ich sah aus dem Fenster, wünschte, die Stadt würde an uns vorbeirauschen, wünschte, dass wir mit rasender Geschwindigkeit durch die Landschaft fahren würden. Das Denken fiel mir leichter, wenn ich mich bewegte. Doch alles stand still, nur die Motoren liefen.

»Wenn er auf meinen Rat gehört hat«, sagte ich, »sitzt er im Flugzeug.«

Dass Christoph jetzt ein genervtes Stöhnen von sich gab, konnte ich ihm nicht verübeln.

»Wann haben Sie ihm das geraten?«

»Gestern Abend. Nachdem sie seine gesamte Wohnung auf den Kopf gestellt haben.«

»Ach so. Und wann hatten Sie vor, mir davon zu erzählen?«, fragte er so ruhig, wie es ihm gerade noch möglich war.

»Jetzt. Nachdem wir bei Barış waren.«

»Abgesehen davon, dass es mich in meiner Ehre kränkt, wenn Sie mehr Informationen haben als ich und mir die verheimlichen, macht es keinen Unterschied. Ich hätte auch nichts anderes machen können. Er hätte denselben Rat zweimal bekommen. Doppelt vergeblich, nehme ich an. Er scheint mir nicht der Typ zu sein, der Ratschläge annimmt. Der hält sich für unverwundbar. Das haben Männer in diesem Alter so an sich, erst recht, wenn es sich um Journalisten handelt.«

»Außer Wespen«, sagte ich. »Vor Wespen hat er Angst.«

»Ist das eine Metapher?«

»Nein, eine Allergie.«

»Der Kerl ist doch eine einzige Katastrophe«, stöhnte Christoph und lehnte sich erschöpft im Sitz zurück.

18

Ich klopfte an die offene, eingetretene Tür, rief seinen Namen, blickte im Hausflur nach rechts und links, doch überall war Stille, nichts als Stille. Die Wohnung erschien mir noch leerer, mit jedem Besuch wurde sie unbelebter, wie in Auflösung begriffen. Das Chaos um mich herum, es kam mir seltsam vertraut vor, als hätte ich es in Träumen schon gesehen, als wäre es ein Teil meiner Erinnerung. Schon bei meinem letzten Besuch hier hatte ich dieses Gefühl gehabt, doch da war es deutlich schwächer gewesen, kaum wahrnehmbar. Jetzt stand ich im Raum und sah mich um, hörte diese abgrundtiefe Stille, und mein Blick blieb hängen an einem Briefständer, in dem kein einziges Papier mehr steckte. Ein schwarzes Metallgestell, die Fächer aus Bast gespannt und über die Jahre ausgefranst. Genauso einer hatte in der Wohnung meiner Kindheit gestanden, stand dort wahrscheinlich immer noch, denn meine Mutter warf nie etwas weg. In diesen Briefständer hatte sie die Mahnungen wegsortiert, als wäre es eben das, was man mit Mahnungen machte, sie unbezahlt zwischen Bast zu klemmen. Eine ewige Drohung war dieses Ding gewesen, und jetzt sah ich es zum ersten Mal leer, in seiner ganzen ärmlichen Pracht.

Hilflos lehnte ich an Davids abgeräumten Schreibtisch, versuchte, mir die Erinnerungen aus den Augen zu wischen, und wählte noch einmal seine Nummer, aber es meldete sich nicht einmal die Mailbox. Ein letztes Mal betrat ich die Dachterrasse und sah auf der Brüstung einsam ein Zigarillo neben einem Feuerzeug liegen. Ein zurückgelassener Gruß, den ich, ohne zu zögern, erwiderte, indem ich die Flamme aufleuchten ließ und rauchte. Meine Gedanken beruhigten sich, ich blickte hinauf in den Himmel und hoffte nichts mehr, als dass David diesen Weg genommen hatte. Manchmal passierte es tatsächlich, dass Probleme in Flugzeuge stiegen und nie wieder auftauchten.

Rauchend stand ich da und hoffte, so sehnlichst, dass ich das Klingeln meines Telefons erst gar nicht wahrnahm.

Es war meine Sekretärin, die mir mitteilte, dass es im Gästehaus einen unangemeldeten Besuch gebe.

»Ein deutscher Journalist«, sagte sie. »Er behauptet, dort einen Termin mit Ihnen zu haben. Aber in Ihrem Kalender finde ich davon leider nichts.«

Sie nannte mir seinen Namen, den ich in diesem Moment still und inständig verfluchte.

»Die Pforte fragt, ob sie ihn reinlassen dürfen?«

»Ja«, sagte ich, denn was sonst hätte ich antworten sollen. Ich legte auf und warf den angerauchten Zigarillo vom Dach.

Ausgerechnet unser Gästehaus, das zwischen Konsulat und Sommerresidenz lag und in dem höchstens mal das auswärtige Personal für ein paar Nächte Unterschlupf fand. Die Erleichterung darüber, dass ihm nichts passiert war, er jetzt nicht im Keller einer Polizeistation saß, spürte ich kaum, stattdessen die quälende Gewissheit, dass sich eine diplomatische Krise auf meine Bettkante gesetzt hatte, die sich so einfach nicht würde vertreiben lassen.

19

Ankara stand da in braunen Buchstaben, ein Willkommen aus
vertrockneten Pflanzen, vor Monaten von Staatsgärtnern an-
gelegt und dann sich selbst überlassen. Hochhäuser in Pastell,
die Wohnungen mit Balkon und freiem Blick auf die Schnellstraße. Das Gerippe eines Einkaufszentrums, groß wie vier
Fußballfelder. Bauruinen reihten sich aneinander und dazwischen ein Kebap Pide Salonu. Die Stadt wollte und wollte nicht
anfangen. Selbst im Zentrum schien sie noch ihren Anfang zu
suchen. Das Beste an Ankara ist die Autobahn nach Istanbul,
war ein Satz, den ich mehr als einmal gehört hatte. Noch be-
liebter war allerdings der Weg zum Flughafen. Die Maschinen
gingen stündlich, Flugdauer sechzig Minuten, und so hatte
auch meine Sekretärin den nächsten freien Platz gebucht und
einen Termin mit Philipps Büro vereinbart. Ein Termin, der
direkt nach meiner Ankunft verschoben worden war und mich
nun zwang, über Nacht zu bleiben.

Ich stieg aus dem Taxi, betrat die Lobby des Hilton und
wusste nicht mehr, wann das angefangen hatte, dass ich diese
geschützten Räume so mochte. Die immer gleiche Rezeption,
hinter der junge Angestellte in den immer gleichen Kostümen

steckten. Es war möglich, um die Welt zu reisen und sich doch stets an vertrauten Orten aufzuhalten. Es war wie mit dem Irish Pub, nur dass mir das Prinzip allmählich sympathisch wurde. Das Hilton gab zudem das Versprechen, ein Hotel zu sein, das man nicht verlassen musste. Es gab Restaurants, Bars, Shops, einen Jacuzzi, einen Friseur, eine Maniküre, einen Arzt. Es gab hier alles, was man brauchte, um nicht zu sterben, und inzwischen wusste ich das zu schätzen.

Sie gaben mir ein Upgrade, wie sie es immer taten, und ich fuhr hinauf in die achtzehnte Etage. Eine Junior-Suite für eine Nacht, mit Blick auf diesen Moloch, der am Horizont ausfranste, sich in der anatolischen Steppe verlor. Ich warf mein Gepäck, das einzig aus einer übergroßen Handtasche bestand, auf das Bett, zog mir die Schuhe aus und ging ins Bad. Es war voller Spiegel, selbst die Tür war verspiegelt. Wenn man auf dem Klo saß, konnte man sich dabei betrachten, und ich gehörte nicht zu denen, die das genossen. Während ich mit geschlossenen Augen dasaß, hörte ich nebenan mein Telefon klingeln. Ich sackte zusammen. Warum in Gottes Namen ließ man mich nicht wenigstens auf der Toilette in Ruhe.

Es war die Hausverwaltung meiner Mutter, ein Anruf aus einem fernen Universum. Sie erklärte mir ausufernd etwas von einer Mieterhöhung, von verschickten Briefen und ausgebliebenen Antworten. Von Kündigung war die Rede, die Person am anderen Ende war sich nicht zu schade, das Wort Räumung in den Mund zu nehmen. Ihre Stimme wurde schriller, und ich verstand immer weniger, was die Person für ein Problem hatte. Höflich bat ich sie, mir eine E-Mail zu schicken, mit einer Auflistung aller Kosten, die ich dann sofort überweisen würde.

Schließlich war ich es, die seit Jahren die Miete für die Wohnung bezahlte, eine Sache, die meine Mutter monatelang nicht hatte annehmen wollen, über die wir erbittert gestritten und die wir danach nie wieder erwähnt hatten.

»Dann ist ja alles gut«, sagte die Hausverwaltung.

»Richtig«, sagte ich. »Alles ist gut, alles bestens.«

Ich rollte mir die Strumpfhosen von den Beinen, ließ mir vom Zimmerservice Fischbällchen und eine Flasche Weißwein servieren, dann hängte ich das Bitte-nicht-stören-Schild an den Griff und schloss die Tür doppelt ab.

20

Wir spazierten durch ein deutsches Dorf, sieben Hektar groß und dem Gut Neudeck nachempfunden. Über geharkte Kieswege, vorbei an einem Pool, den wir offiziell Löschwasserbecken nannten, nur eben eines, in dem man morgens seine Bahnen zog und an dessen Rand man sich mittags auf den Liegen sonnte.

Die Gebäude waren alphabetisch sortiert. Gelbe Fassaden, grüne Holzläden und weiße Fenstergitter, dazwischen Kiefern, Geranien und der wahrscheinlich einzige satte Rasen in ganz Ankara. Die Botschaft hatte mehr Gärtner als Referenten. Es war eine vollkommene Idylle, vorausgesetzt, es gelang einem, das Sicherheitspersonal auszublenden.

»Fehlt bloß noch der Edeka«, meinte Philipp und entschuldigte sich zum dritten Mal dafür, dass er gestern so kurzfristig hatte absagen müssen.

»Wie ich hörte, haben sie hier im Ministerium einen gewissen Spaß daran, einen ohne Vorwarnung zur Dinner-Zeit einzubestellen«, sagte er.

»Du wirst dich daran gewöhnen müssen. Dein Vorgänger hat es immerhin auf dreiunddreißig Einbestellungen gebracht.«

»Das macht einmal im Monat.« Philipp lachte kurz auf. »Dabei bin ich noch nicht mal akkreditiert. Im Kalender des Präsidenten findet sich offenbar kein einziger Termin, an dem ich mein Beglaubigungsschreiben überreichen könnte.«

»Was hast du ihnen gestern gesagt?«

»Wie sehr ich mich freue, hier zu sein, und wie wichtig mir die freundschaftlichen Beziehungen unserer Länder sind.«

»Klingt nach einem profunden Termin.«

»Die meiste Zeit haben wir über Tennis gesprochen.«

»Ach du Elend.«

»Sag das nicht. Der Außenminister lädt nächsten Monat zum Turnier, und meine Rückhand, die ist immer noch gefürchtet.«

»Legendär, hörte ich.«

»Das Interessante war, dass sie direkt nach seinem Aufenthaltsort gefragt haben. Als gingen sie davon aus, dass ich den wüsste. Dein Name fiel übrigens auch. Sie sprachen von David und den besonderen Beziehungen, die er hätte. Eine Aussage, die ich ignoriert habe.«

Er sah mich an, als erwartete er dafür meinen Dank, als müsste ich es honorieren, wenn er zu Dingen schwieg, von denen er keine Ahnung hatte.

»Das heißt, sie wissen nichts? Sie wissen nicht, wo er sich aufhält?«

»Von mir jedenfalls nicht. Keinerlei Kenntnis, das war meine Antwort. Keinerlei Kenntnis, und du weißt, wie ich es hasse zu lügen.«

Philipp log sogar, wenn er vom Lügen sprach. Er beherrschte dieses Spiel derart meisterhaft, dass es mir in der Vergangenheit oft eine Freude gewesen war, ihm dabei zuzuschauen. Wir waren damals in der Lage gewesen, Gespräche zu führen, in denen kein einziger Satz der Wahrheit entsprach, und am Ende kannten wir sie trotzdem, sie hatte sich im Gegenteil versteckt, an den Rändern, in einem Zögern, einem Lachen. Für uns, und nur für uns, waren es offene Gespräche gewesen. Aber inzwischen waren wir aus der Übung, oder vielleicht war nur ich es, die dieser Spiele müde geworden war.

»Er wird erst einmal bleiben«, sagte ich und blickte in Philipps verzerrtes Gesicht.

»Wie ist er überhaupt da reingekommen?«

»Er hat geklingelt, Philipp. Die Pforte hat nachgefragt, und ich habe es erlaubt. Es ist mir lieber, er sitzt in unserem Gästehaus als in der Haftanstalt Silivri.«

»Warum nennen Frauen einen eigentlich immer beim Namen, wenn sie genervt sind?«

»Damit auch der Dümmste versteht, dass das Eis dünn wird.«

»Soweit ich das verstanden habe, wollen sie nur mit ihm sprechen.«

»Philipp, bitte.«

Die Gespräche waren Verhöre. Sie wollten Namen und Informationen, und wenn sie die nicht bekamen, verließen sie den Raum, verschlossen die Tür, und erst nach Monaten oder Jahren ging sie wieder auf. Es sei denn, es fielen einem überraschend Namen ein, die man vorher noch gar nicht gekannt hatte.

»Wer weiß davon?«, fragte Philipp.

»Das Sicherheitspersonal, das an dem Abend Dienst hatte,

und meine Sekretärin. Christoph natürlich. Und wahrscheinlich Davids Kollege.«

»Je weniger, desto besser«, sagte er. »Solange das nicht öffentlich ist, lassen sie ihn vielleicht laufen.«

Ich versuchte zu lächeln und wusste, dass ich nur ein erschöpftes Grinsen zustande brachte. David war Journalist, und seit gestern war er zudem seine eigene Geschichte. Wie lange mochte so jemand stillhalten?

Wir blieben vor der Kantine stehen, die Bistro Berlin hieß, der Name einer Stadt, die bei mir keinerlei Sehnsucht auszulösen vermochte. Neben dem Eingang hockte eine verirrte Schildkröte und blickte uns an.

»Zwei Dutzend haben wir davon«, sagte Philipp. »Ich lebe in einem Zoo.« Er fragte, ob ich schon von dem Bienenstock gehört habe. Ich gab zu, mich für Tiere, speziell in Botschaftsgärten, nicht sonderlich zu interessieren. Mir entgingen da die neuesten Entwicklungen, was Philipp für einen gravierenden Fehler hielt.

»Und weißt du, warum? Der türkische Botschafter in Berlin hat auf seinem Dach einen Bienenstock, also haben wir jetzt auch einen, und dann können wir uns das nächste Mal ganz unschuldig über Bienenzucht unterhalten. Tolle Idee, oder?«

»Womit wir dann endgültig angekommen wären in der Ära der Honigdiplomatie«, sagte ich.

»Zum Glück gehe ich bald in Rente, aber für dich dürfte diese Ära schwierig werden.«

Auf der Karte, die draußen aushing, standen Fisch in Dill-Currysoße und Pflaumenkuchen. Ich hielt es für möglich, dass es in der Kantine der Berliner Zentrale heute das Gleiche gab.

»Fred«, sagte er und klang dabei nicht genervt, sondern väterlich, was am Ende vielleicht das Gleiche war. »Wir können ihn dort nicht ewig verstecken.«

»Ich kümmere mich darum.«

Philipps Nicken bedeutete nichts anderes, als dass er sich darauf verließ. Er erwartete von mir, dass ich David persönlich zur Wache brachte, mit den besten Grüßen und auf eine gute Zusammenarbeit.

Als wir den Garten der Kantine betraten, erzählte ich ihm leise, wie sehr ich Pflaumenkuchen liebte.

21

Ich hatte vergessen, wie karg es war. Unser Gästehaus erinnerte mich an Jugendherbergen aus den Achtzigerjahren, an durchlittene Klassenreisen, an das unglückselige Heranwachsen in einer Welt, die nicht meine war und in der ich mich anpasste bis zur Auflösung. Nach der Grundschule hatte meine Mutter mich auf ein Gymnasium in einem besseren Viertel geschickt, damit ich zumindest tagsüber in einem anderen Umfeld aufwuchs. Jeden Morgen war ich eine halbe Stunde durch die Stadt gefahren, um unter Menschen zu sein, die als klüger und kultivierter galten und vermögender waren, nachmittags eine halbe Stunde zurück, während alle anderen dortblieben, wo sie hingehörten. Meine gesamte Jugend hindurch hatte ich mich wie eine Touristin gefühlt, eine Hochstaplerin. Ein Gefühl, das sich sogar noch verstärkte, als ich das beste Abschlusszeugnis meines Jahrgangs in den Händen hielt, und das mich seitdem nie vollständig verlassen hatte. Mit diesem Gefühl und zwei Pizzakartons stand ich jetzt in einem dunklen Raum voller leerer Betten, der so kalt und einsam war, wie es ein mieses Versteck nur sein konnte. Ich wusste nicht, wann hier das letzte Mal Gäste untergebracht gewesen waren, offizielle Gäste. Die über-

nachteten stattdessen in einem Fünfsternehotel mit Bosporus-
blick und eigenem Bootsanleger. Ich fuhr mit dem Finger durch
die Staubschicht auf einem Ikea-Nachttisch, dann wandte ich
mich ab und ging zurück in die Küche.

Unter dem Licht der Deckenlampe sah David blass aus, aber
wahrscheinlich lag es nicht an der Beleuchtung allein. Der Anblick mancher Realitäten konnte einen erbleichen lassen. Er
nahm sich ein Stück lauwarme Pizza.

»Danke«, sagte David und sah auf die Liste neben sich, auf
der unsere Empfehlungen für mögliche Anwälte standen.

»Es eilt nicht. Du solltest dich nur darauf vorbereiten, dass
du eventuell jemanden brauchen wirst.«

»Den da kenne ich.« Er tippte mit seinem fettigen Finger auf einen Namen. »Er war neulich mal in unserer Redaktion.«

David hatte genau gewusst, worauf er sich einließ, aber es
schien, als hätte er die Sache nicht zu Ende gedacht. Seine Vor-
stellungskraft endete in dieser Küche, mit einer Bundesregie-
rung, die Pizza vorbeibrachte und sich um den Rest schon
kümmern würde. Allerdings war die Sicherheit in diesem Haus
nur eine vorübergehende, es war ein Untertauchen, er würde
hier nicht atmen können. Irgendwann mussten wir alle zurück
an die Oberfläche. Es war ihm immer noch nicht klar, ich erkannte es an der Art, wie er dasaß, blass zwar, aber ohne jede
Angst. Er fühlte sich sicher, immer noch, und das war der größte
Irrtum.

»Die Leute vom Wachpersonal gehören nicht zu uns«, erklärte ich ihm. »Ist eine Fremdfirma, es wäre also besser, sie
würden dich nicht sehen.«

»Du meinst, ich soll mein Zimmer nicht verlassen?«

»Du bekommst von uns alles, was du brauchst.«

»Setz dich doch bitte«, sagte er und klappte den zweiten Pizzakarton auf. Es war die trotzige Sehnsucht nach Normalität, die uns gemeinsam essen ließ.

»Wie lange soll das hier gehen?«, fragte David. »Was tue ich als Nächstes?«

»Am besten gar nichts«, sagte ich und bekam ein abgehacktes, schroffes Lachen zur Antwort.

»Wir müssen abwarten. Wir müssen herausfinden, was konkret gegen dich vorliegt, mit dem Außenministerium sprechen, uns mit Berlin abstimmen.«

»Ich soll hier also rumsitzen, Sudoku spielen und endlich mal die Fotos auf meinem Handy sortieren?«

»Du könntest sie auch löschen. Die Fotos, die Nachrichten, die Kontakte.«

»Langsam fange ich an, dir zu vertrauen«, nuschelte er und biss ein Stück von der Napoli ab.

In seinem Gesicht suchte ich vergeblich nach einer Spur von Ironie.

»Du läufst einfach auf einer anderen Ebene der Geduld«, begann David. »Als würdet ihr Diplomaten in Jahrhunderten denken, in der Geschichte der Menschheit. Ihr wartet ab, handelt, verhandelt. Meine Arbeit ist das Gegenteil von deiner. Hätte ich deine Geduld, wäre ich arbeitslos.«

Ich sah ihn nur schweigend an. Ich war die Geduld in Person, jahrzehntelanges Training.

»Es tut mir leid«, sagte er schließlich. »Ist für dich wahrscheinlich auch kein einfacher Job hier.«

»Ach«, meinte ich, »meinen schlimmsten Job habe ich schon hinter mir, und das war Bonn.«

David lachte das erste Mal, und ich sah auf die Wörter, die er nebenbei auf einen herumliegenden Notizblock schrieb. Gebackene Bohnen (scharf), Toast, Feta, Pistazienschokolade, Bier stand da. Entweder konnte er weder kochen noch auf sich aufpassen, oder er glaubte, dass schon morgen vielleicht alles vorbei sei. Es war wie damals, als ich neben der Schule für einen Pflegedienst gearbeitet und die Einkäufe für die Gebrechlichen übernommen hatte.

22

Sie habe eine gute und eine schlechte Nachricht, hatte Elif am Telefon gesagt, und ich war gekommen, so schnell ich konnte. Die gute Nachricht war Barış, der jetzt rauchend neben dem Eingang stand und gar nicht gut aussah. Es reichte nicht, einem Menschen die Fußfessel abzunehmen, wenn sein erster Gang zu einem Krankenhaus führte, in das seine Mutter eingeliefert worden war. Dass zwischen diesen beiden Nachrichten nur eine Stunde gelegen hatte, wie Elif mir erzählte, mochte Zufall gewesen sein, vielleicht aber hatte sich in den Tiefen der Justiz doch noch ein Rest Menschlichkeit verkrochen. Noch ehe sie wirklich glauben konnten, dass der Hausarrest aufgehoben war, hatten sie einen Anruf aus dem Krankenhaus bekommen. So war das eben: Wann immer man jubelnd die Arme hochriss, traf einen der Schlag.

Barış drückte seine Zigarette aus und nahm den Tee, den Elif ihm aus der Cafeteria mitgebracht hatte. Er hatte sichtlich zugenommen, sah ein bisschen aufgeschwemmt aus, doch das betraf seltsamerweise nur seinen Körper, sein Gesicht war hart geworden, nah an der Verbitterung, und er grüßte mich mit nichts als einem Nicken. Seit dem frühen Morgen standen sie hier und durften noch immer nicht zu ihr. Vor Merals Zimmer stand eine Wache, die selbst ihrem Sohn den Zutritt verwehrte. Nur mit einem Arzt hatten sie sprechen können, und Elif wiederholte nun das Wort Hypoglykämie, mit dem ich nichts anfangen konnte. Ich verstand überhaupt keine medizinischen Begriffe, was daran lag, dass ich von Krankheiten nichts wissen wollte. Ich wollte nicht zu denen gehören, die sich in die Defekte ihres Körpers oder, noch schlimmer, in die Defekte anderer Körper flüchteten.

»Unterzuckerung«, erklärte sie mir. Man hatte Meral morgens bewusstlos in ihrem schmalen Etagenbett gefunden.

»Der Arzt hat mich gefragt, ob sie in der letzten Zeit Suizidgedanken geäußert hätte.«

»Wie kommt er darauf?«, fragte ich, die ich noch immer nichts verstand.

»Es war eine Überdosis Insulin«, sagte Elif. »Das kann ein Versehen gewesen sein, meinte er, aber das ist es wohl selten.«

Ich starrte auf den Parkplatz vor uns, der in Unschärfe versank und überlagert wurde von einem anderen Bild: Meral und ich an dem kleinen Tisch, darauf die Medikamente, die ich mitgebracht und nicht einmal beachtet hatte. Ich konnte mich plötzlich genau an die Packung erinnern, an den blauen Schriftzug, den weißen Karton. An Merals Energie an diesem Tag, ihre Begeisterung über die Bilder, die eine Frau aus ihrer Zelle mit Menstruationsblut und Kartoffeln malte. An ihre Sorge um Barış. Es war, als würde sich etwas in meinem Gehirn verhaken, die Gedanken rasten um zu viele Ecken und fanden keinen Weg.

»Nie im Leben war das Absicht«, hörte ich Barış sagen, was

bei einem möglichen Selbstmordversuch eine gewagte Wortwahl war. Seine Stimme klang so entschieden und wütend, dass ich kurz zusammenzuckte.

»Und ein Versehen war es auch nicht«, fügte er hinzu, und damit war klar, dass er diesem System alles zutraute. Er trank einen Schluck von seinem Tee und fragte mich, ob ich wüsste, was der Präsident einmal gesagt hatte, als er noch ein einfacher Bürgermeister war. Fragend sah ich ihn an.

»Die Demokratie ist der Zug, auf den wir aufspringen, bis wir am Ziel sind«, zitierte er. Wir alle kannten diesen Satz und hatten ihn erst viel zu spät wirklich gehört.

»Diese Leute sind am Ziel, Frau Konsulin, sie sind schon längst darüber hinaus. Das wissen Sie besser als ich.«

Barış erwartete von mir keine Antwort, er zerdrückte seinen leeren Pappbecher und schmetterte ihn in den Müll.

»Ich gehe da jetzt hoch«, verkündete er.

»Wir kommen gleich nach«, rief Elif, als Barış schon in der Eingangshalle verschwand, mit aufrechtem, zielstrebigem Gang, nur sein rechtes Bein zog er immer noch nach.

»Wir sollten ihn besser nicht allein da reinlassen«, sagte ich.

»Bis er oben ankommt, hat er wahrscheinlich längst wieder aufgegeben. Das geht schon eine Weile so. Ständig wechselt er zwischen Hoffnungslosigkeit und wilder Entschlossenheit. Als könnte er sich nicht entscheiden.«

»Kann man das wirklich entscheiden?«

»Man muss es. Für das Kämpfen muss man sich entscheiden, alles andere passiert von selbst.«

Ein Satz, der für mich nicht weniger galt als für Barış.

»Hat der Arzt sonst noch etwas gesagt?«, fragte ich.

»Ich würde hier nicht beim Tee philosophieren, wenn Meral da oben mit ihrem Leben kämpfen würde. Sie schläft, sie braucht Ruhe, aber, wie heißt es im Deutschen so schön: Sie kommt durch.« Elif lächelte. »Eine merkwürdige Sprache, fand ich schon als Kind. Als wäre das Überleben eine enge, zugeparkte Gasse oder nur ein Ort, durch den man fährt, ohne anzuhalten.«

»Oder eine überlastete Hotline«, fügte ich hinzu.

»Sehr hübsches Bild«, sagte Elif. »Das merke ich mir.«

Wir nahmen den Fahrstuhl in die fünfte Etage und betraten einen Flur, der voller Betten stand, in denen Patienten lagen, die in ihrem Leiden verstummt schienen, und an dessen Ende wir einen Polizisten sahen, mit dem Rücken zu uns. Er blickte offensiv aus dem Fenster, als hätte er den Auftrag, uns nicht zu sehen. Ich hatte keine Ahnung, wie Barış ihn dazu hatte bringen können, aber ich wusste, dass man ein solches Angebot nicht ausschlug. Wir eilten vorbei an den abgestellten Kranken, in deren Augen ein stumpfes Flehen lag, und öffneten leise die Tür zu Merals Zimmer.

23

Niemand sah mich je umfallen. Das tat ich erst, nachdem die Tür hinter mir ins Schloss gefallen war. Hinter Haustüren in Berlin, Bagdad, Montevideo und leider auch Bonn war ich zusammengebrochen. Ich erinnerte mich an jeden Flurboden, als hätte ich ihn selbst verlegt. Dieser hier war ein Stäbchenparkett aus Eiche, verkratzt wie eine Turnhalle, was mir vorher nie aufgefallen war. Zitternd lehnte ich an der Wand, ich konnte mich von außen betrachten, so war es in solchen Momenten immer gewesen. Als wäre ich aus meiner Hülle gerutscht, aus dem Hosenanzug, aus der Souveränität. Eine Abspaltung und eine kalte, müde Hilflosigkeit.

Im Krankenhausbett hatte eine bis auf die Knochen erschöpfte Frau gelegen, in wenigen Wochen war Meral um Jahre gealtert. Obwohl ich es besser wusste, hatte ich im ersten Moment gedacht, sie sei nicht mehr am Leben, und ganz falsch war dieser Gedanke auch nicht. Etwas war entwichen. Ich hatte sie mir über die Schulter werfen wollen, vorbei an dem Wachposten, hinein in den Wagen, der draußen auf mich wartete, und dem Fahrer zurufen wollen: Fahren Sie, fahren Sie, bis dieses finstere Land vorbei ist! Stattdessen hatte ich nach Worten gesucht und keine gefunden. Wir hatten alle gemeinsam das Kopfteil des Bettes verstellt, damit sie uns leichter anschauen konnte, denn das wollte sie, uns ansehen mit ihren müden Augen. Und ich schloss meine, versuchte, ruhig zu atmen, ein und aus, ein Atemzug nach dem anderen.

Langsam ließ das Zittern nun nach, ich öffnete die Lider, der Blick wurde wieder scharf und fiel auf ein Paar rosafarbener Turnschuhe, das direkt vor mir stand. Ich wischte mir über die Augen und blinzelte.

»Madam«, hörte ich. »Geht es Ihnen nicht gut?«

Was sollte man auf so eine Frage antworten, wenn man mit den Resten von sich am Boden kauerte, kaum in der Lage war, seinen eigenen Namen zu nennen?

»Madam?«

Sie sollte mich so nicht sehen, das riss Grenzen ein, das war unprofessionell und respektlos gegenüber dem Personal.

»Ich mache Ihnen einen Saft«, sagte Asena, die rosa Turnschuhe tippelten lautlos davon.

Mir gelang das Aufstehen nicht, ich spürte die Beine kaum, der Körper war bloß noch ein nutzloses Etwas. Hatte ich wirklich vergessen, die Tür hinter mir zu schließen? Hatte mir selbst dafür die Kraft gefehlt, oder war es Absicht gewesen?

»Bleiben Sie sitzen, Madam.« Auf meiner Schulter spürte ich ihre Hand. Sie bewegte sich so schwebend, dass ich mich fragte, ob sie wirklich existierte, ob sie tatsächlich hier war. Zumindest das Glas, das sie mir hinstellte, war greifbar. Als ich merkte, dass Asena sich den Saft verkniffen hatte, war ich erleichtert. Selbst für Granatapfelsaft gab es den falschen Moment. Schließlich schob sie mir ein Kissen hinter den Rücken und richtete mich so auf, wie meine Großmutter noch im hohen Alter ihre Puppen auf der Sofakante postiert hatte, mit einer etwas zu groben Liebe.

»Brauchen Sie sonst noch etwas? Was Kleines zu essen vielleicht?«

»Nein«, sagte ich, »aber könnten Sie vielleicht noch einen Moment bleiben?«

Mit dem Kopf deutete ich auf den Platz neben mir. Sofern man das einen Platz nennen konnte, denn neben mir war nichts als nackter, endloser Parkettboden. Unschlüssig blieb Asena vor mir stehen.

»Madam?«

»Ja?«

»Ob ich mir wohl auch ein Glas holen dürfte?«

»Bringen Sie die ganze Flasche, Asena.«

Jetzt ist es auch egal, dachte ich, sprach es vielleicht sogar aus, denn sie lächelte mich an und sagte: »Das ist richtig, Madam.«

Die Menschen, die sich um mich kümmerten, wurden dafür bezahlt. Das war eine so schlichte wie elende Erkenntnis. Ich verstand plötzlich, warum sich so viele meiner Kollegen vor dem Ruhestand fürchteten.

Asena hockte sich neben mich, wir stießen nicht an, wir sprachen nicht, wir tranken zum ersten Mal ein Glas Wein zusammen, aber ich wusste, wir würden die ganze Flasche leeren, und sei es nur aus Höflichkeit.

»Machen Sie das bitte nicht wieder«, sagte Asena. »Mir einen solchen Schrecken einjagen.«

Ich versprach es ihr, versprach es uns beiden und dachte:

Beim nächsten Mal buche ich mir ein Zimmer, am besten in irgendeiner Absteige, auf jeden Fall ohne Zimmerservice. Vorerst blieb mir nichts als eine Entschuldigung, von der Asena allerdings nichts hören wollte, stattdessen schenkte sie mir Wein nach und dazu eine Weisheit, die sie von ihrem Vater hatte.

»Sitze krumm, rede gerade!«

Wie es schien, war ich inzwischen selbst für Lebensweisheiten zu schwach. Ich fragte sie, was das bedeuten sollte, und sie meinte, sie werde mir ein Kissen mit diesem Satz besticken, der besage, dass man sich im Privaten benehmen kann, wie man will, aber in der Öffentlichkeit müsse man aufrecht stehen und die Wahrheit sagen. »Besonders in Ihrem Beruf«, fügte sie hinzu.

»Ich weiß nicht, Asena, mit der Wahrheit gehen wir sehr zurückhaltend um.«

Doch das ließ sie nicht gelten.

»Ich glaube, bei Ihnen ist es so, Madam: Je gerader Sie reden, desto krummer sitzen Sie.«

Sie lachte. »Schauen Sie sich doch an!«

Ich rutschte noch weiter an der Wand herunter, gekrümmt bis in die Knochen. Im Liegen nippte ich an meinem Glas und begann, daran Gefallen zu finden.

»Auf Ihren Vater!«, prostete ich Asena zu. Wir stießen an und tranken auf ihre gesamte Familie. Mit einem erstaunlichen Wein, wie mir jetzt erst auffiel. Tränen trübten den Geschmackssinn doch beträchtlich. Ich sah auf das Etikett und dann zu Asena.

»Sie haben unsere edelste Flasche geöffnet«, stellte ich fest.

»Ganz genau. In den schlechtesten Momenten muss man den besten Wein trinken.«

»Sie sind eine sehr weise Frau«, gab ich zu.

»Ich arbeite ja auch schon über zwanzig Jahre hier.«

Wir genossen unseren Tignanello, erkannten, dass mit diesem Wein nichts im Leben wirklich schlecht sein konnte, und ich begriff die Dekadenz meiner Krisen.

»Trotzdem«, sagte Asena, »müssen Sie mal Urlaub machen.«

Ich nickte müde.

»Fahren Sie nach Kaş, wirklich. Ich organisiere das für Sie. Sie wissen doch, unser Neffe.«

»Der, der gerade geheiratet hat?«

»Ja, heiraten können Sie ihn nun nicht mehr«, kicherte sie, »aber er kümmert sich um alles, er hat ein Boot, kennt alles und jeden, er fährt mit Ihnen raus aufs Meer, das ist hübsch. Sie können rüberfahren nach Meis, der Kaffee in Griechenland ist viel besser.«

Ich ließ meinen Kopf auf ihre Schulter sinken, nur einmal irgendwo anlehnen, nur ganz kurz.

»Das klingt sehr gut«, sagte ich. »Kaffee in Griechenland.«

Asena streichelte mir über das Haar, ihre Worte hörte ich nur noch dunkel.

»Großer Kopf, große Sorgen«, flüsterte sie.

24

»Du siehst schlecht aus, mein Kind.«

Das also sagte meine Mutter, nachdem sie mich monatelang nicht gesehen hatte, genau genommen seit Weihnachten. Sie blickte betrübt in die Kamera. Im Hintergrund widersprach ihr Nachbar stumm, aber vehement. Sie erzählte immer von dem jungen Mann, der ihr hin und wieder half, was hieß, dass sie jedes Mal bei ihm klingelte, wenn sie den Computer benutzen wollte, den ich ihr vor ein paar Jahren geschenkt hatte. Der junge Mann war Mitte fünfzig und wollte offenbar nicht aus dem Hintergrund verschwinden. Er war es auch, der ihr vor einigen Tagen den Videochat installiert hatte, wofür ich ihm jetzt nicht unbedingt dankbar war. Als ich meiner Mutter sagte, dass in den vergangenen Wochen viel los gewesen sei, nickte sie verständnisvoll und meinte, dass sie mein Leben auch nicht haben wolle. Es war einer ihrer Lieblingssätze, sie wollte eigentlich das Leben von niemandem führen, sie war demütig gegenüber ihrem eigenen. »Immer unterwegs, die Tochter.«

Ob ich denn alles im Griff hätte, fragte sie, und ich wusste, dass sie damit die Wohnung meinte, den Haushalt, das Geld, all die Dinge, die längst nicht mehr zu meinen Problemen gehörten und die ihr Leben stets bestimmt hatten. Als ich meine erste Hausangestellte hatte, traute ich mich lange nicht, ihr davon zu erzählen. Es war mir peinlich gewesen. Besucht hatte mich meine Mutter bisher auf keinem der Posten, ihre Flugangst hielt sie davon ab, doch ich wurde den Verdacht nicht los, dass es noch eine andere, eine größere Angst gab, dass sie fürchtete, nicht mehr in mein Leben zu passen, darin herumzustehen wie ein Fremdkörper, oder schlimmer noch: wie ein Makel.

»Ja«, sagte ich, »alles im Griff. Du solltest wirklich mal herkommen. Es sind nur drei Stunden Flug.«

»Ach«, meinte sie, »ich störe da doch nur.« Und dann begann sie, von Weihnachten zu sprechen, ob mir denn Ente recht wäre oder doch lieber Fondue, und was ich mir wünschte. Sie wünsche sich natürlich nichts, nur dass ich käme, das sei das größte Geschenk.

»Es ist gerade mal September«, wand ich ein, doch gegen ihre Vorfreude kam kein Kalender an.

»Also, dann mache ich Ente, ja?«

Der junge Mann im Hintergrund hob die Augenbrauen, und ich hoffte inständig, meine Mutter würde ihn nicht dazu einladen. Mir wurde plötzlich klar, dass er nicht nur da war, um sich um das Internet zu kümmern, sondern dass sie mich gerade präsentierte, ihre ledige Tochter, die Männer seit Jahren nur noch als Kollegen erwähnte.

»Pass auf dich auf«, sagte sie zum Abschied, »lass dich da in nichts reinziehen. Und fahr vorsichtig, hörst du. Du rast immer so.«

Ich wagte nicht, ihr zu sagen, dass ich nicht mehr selbst fuhr. Wahrscheinlich hätte sie mich ausgelacht.

Sie winkte in die Kamera, und dann beugte sie sich vor, als wollte sie mich küssen, ich sah ihr näher kommendes, größer werdendes Gesicht, das in die Unschärfe rutschte. Der Monitor wurde schwarz, und ich starrte ins Dunkle. Stundenlang hätte ich so sitzen bleiben und an nichts mehr denken wollen, außer an Weihnachten vielleicht.

25

Dass eine Frau in Kleid und Pumps darauf beharrte, die zwei vollen Einkaufstüten allein nach oben zu tragen, verstanden die Wachmänner an der Pforte nicht. Wie sollten sie auch etwas verstehen, wovon sie nichts wissen durften. Ich bedankte mich mehrmals, auf Deutsch und Türkisch, mit großer Geste und dieser bestimmten Härte, mit der ein Danke klang wie ein *Verschwinden Sie!* Mein Danke war ein Rausschmiss, den sie schließlich schulterzuckend akzeptierten. Ich hätte Christoph mit dem Einkauf beauftragen sollen oder einen unserer Referenten, Hauptsache Mann, Hauptsache unauffällig. Diese Art, immer alles selbst machen zu wollen, war meine größte Schwäche. Fluchend schleppte ich die Tüten nach oben.

»Frau Konsulin!« David erwartete mich im Treppenhaus, ein hilfloses Lächeln im Gesicht. Er sah mir zu, wie ich die Einkäufe auf den Küchentisch wuchtete.

»Was ist denn das alles?«, fragte er, als hätte ich ihm kiloweise Akten mitgebracht.

»Du kannst dich nicht nur von Chilibohnen ernähren wie ein achtzehnjähriger Kiffer.«

»Ach, apropos ...«

»Auf keinen Fall. Drogen gehören nicht zu meinem Aufgabenbereich.«

»Das klingt so, als wäre ich nicht der Erste, der fragt.«

»Es gibt kaum einen Wunsch, den ich noch nicht gehört habe.«

Er begann, die Taschen auszupacken, und das Einzige, worüber er sich ehrlich zu freuen schien, waren seine Zigarillos. Als er die Flasche Olivenöl und den Reis erblickte, sah er mich zweifelnd an.

»Fred, ich will hier nicht einziehen.«

»Das ist gut. Niemand will, dass du hier einziehst. Aber während du hier nicht einziehst, sollst du bei Kräften bleiben.«

Er zündete sich einen Zigarillo an, nahm ein paar hektische Züge zur Beruhigung, bevor er erzählte, dass einige seiner Kollegen in der Hamburger Redaktion Bescheid wüssten und glaubten, es sei das Beste, es öffentlich zu machen. Vom Vorteil des öffentlichen Drucks faselte er, und ich sah alles vor mir, die Berichte, die Aufmacher, die Demonstrationen und Transparente, die Soli-Veranstaltungen, sogar die elenden T-Shirts.

»Du bist noch nicht mal im Gefängnis.«

Ich hatte nicht erwartet, dass David zu denen gehörte, die eine große Show wollten.

»Sie sagen, wenn hier noch ein Deutscher festgenommen wird, lösen sie das Büro auf.«

»Aber sobald es öffentlich ist, haben wir keinen Verhandlungsspielraum mehr«, schimpfte ich. »Dann geht es nur noch um das Gesicht, und zwar nicht um deines auf den billigen T-Shirts, sondern um seines. Das Gesicht, das er nicht verlieren darf. Sobald die Sache öffentlich ist, kann er nicht mehr einknicken, und dann war es das mit der Diplomatie.«

»Kann es sein, dass wir dieses Gespräch schon mal geführt haben?«, fragte David ungerührt.

»Kann es sein, dass du uns nicht vertraust?«

Meine übliche Flucht in den Plural, in die Funktion, das Amt, die Regierung. Wenn ich wollte, war ich nur ein Land.

Ob es seine Idee war, wollte ich wissen, ob er wirklich glaubte, dass Öffentlichkeit hier helfen könnte. David sagte nur ein Wort, diesen einen Namen, den ich für mein Leben gern vergessen hätte.

»Büscher.«

Ich öffnete zwei Flaschen Bier und fiel auf den Stuhl.

»Sie hält es für das einzig Richtige.«

»Die Frage ist doch: Will sie dir damit helfen oder mir schaden?«

»Zwei Fliegen mit einer Klappe«, meinte David. »Solche Sachen gefallen ihr.«

»Scheiß kleine Welt!«, entfuhr es mir. »Manchmal habe ich das Gefühl, sie liegt mir wie eine Schlinge um den Hals.«

Ich holte mein Handy raus und öffnete das Adressbuch, ihre Nummer hatte ich wahrscheinlich noch, und dieses Mal würde ich diejenige sein, die brüllte.

David zog mir das Telefon aus der Hand. »Lass«, sagte er. »Lass das jemand anderen machen. Jemanden, dem sie nicht die Schuld am Tod ihrer Tochter gibt.«

Ich hörte mich selbst auflachen. Eine vertraute, aber nicht minder hilflose Antwort auf Sätze, die mich in ihrer Direktheit erschütterten.

»Vollkommen richtig«, beruhigte ich mich. »Darum kann sich Christoph kümmern.«

»Wo bleibt der überhaupt?«

»Ist auf dem Weg«, sagte ich, »wie immer«, und erzählte, dass wir bereits an die Medien appelliert und darum gebeten hatten, auf eine Berichterstattung zu verzichten. »Letztlich bist auch du keine gute Geschichte, David. Bloß die x-te Fortsetzung, von der schon keiner mehr etwas wissen will.«

Es klopfte so kräftig und entschlossen an der Tür, dass David sein Bier über den Tisch spuckte.

»Das kann nur Christoph sein.«

»War der mal beim Bund?«, fragte David.

»NVA.«

»Nicht dein Ernst? Ein ehemaliger Volksarmist leitet eure Rechtsabteilung?«

»Wenn es recht ist«, rief Christoph, der nur selten darauf wartete, bis er hereingebeten wurde. Er kam in die Küche und sagte: »Dafür habe ich euch so richtig schlechte Neuigkeiten mitgebracht.«

»Schade«, meinte David. »Ich dachte, Sie kommen und versprechen mir freies Geleit.«

»Davon träumen sie alle. Oder zumindest die informelle Zusicherung, dass Sie nicht länger als vierzehn Tage in Polizeigewahrsam bleiben, nicht wahr?«

»Das wäre natürlich das Beste. Das ist so einer der seltenen Momente, in denen ich wünschte, Amerikaner zu sein. Die USA haben da ja ganz andere Möglichkeiten, ich sag nur Sanktionen, Absturz der Lira etc.«

Der im Herzen vermutlich immer noch sozialistische Christoph hob nur die Augenbrauen und nickte, bevor er sich, von David gelangweilt, mir zuwandte.

»Die da unten halten das hier für ein Liebesnest, wenn mich nicht alles täuscht. Die hatten die Augen voller schmutziger Gedanken.«

»Liebe war immer schon die beste Tarnung«, sagte ich.

»Da spricht die wahre Romantikerin«, versuchte Christoph einen letzten Witz, bevor er seine Tasche abstellte und einmal tief durchatmete.

»Kommen wir also zu den schlechten Nachrichten«, sagte er. »Es gibt einen Haftbefehl für David. Ich habe es auf dem Weg hierher erfahren.«

»Auf welcher Grundlage?«, wollte ich wissen.

»Sollte man uns den Grund jemals mitteilen, stehen wir schon vor Gericht.«

»Wir?«

David schaute ihn irritiert an.

»Glückwunsch, David, Sie sind jetzt ein nationales Problem, mehr noch: Sie sind ein bilateraler Clusterfuck!«

»Was soll das heißen?« Für einen kurzen Moment hatte es sogar David die Sprache verschlagen.

»Dass große Ziele auf geballte Inkompetenz treffen, und alle haben es kommen sehen«, führte Christoph aus.

»Danke, ich weiß, was ein Clusterfuck ist.«

Die beiden waren kurz davor, nicht nur verbal aufeinander loszugehen.

»Wer hat Ihnen davon erzählt?«, fragte ich, um zurück zu den Fakten zu kommen.

»Bei manchen Menschen genügt ein Blick und man sieht

das Elend kommen«, sagte Christoph. Dabei schaute er David an, als hätte er einen abtrünnigen, nutzlosen Sohn vor sich sitzen.

»Ich spreche von dem Haftbefehl, Christoph! Nicht von Ihrer persönlichen Einschätzung.«

»Gut informierte Kreise«, antwortete er knapp, und ich wusste, dass er im Beisein eines Journalisten nichts weiter dazu sagen würde. Denn das war David in erster Linie, er war nicht nur ein Problem, er war vor allem ein Journalist, eine so heikle wie lästige Kombination.

David sah mich an und fragte, wie es jetzt weitergehen werde, ob er nun an meiner Hand ins nächste Polizeirevier schlendern und die ganze groteske Geschichte im wahrsten Sinne aussitzen müsse.

»An meiner Hand geht niemand in die Zelle«, sagte ich, was ein so vollmundiges Versprechen war, dass es nur hohl klingen konnte. Wie ernst es mir damit war, ahnte ich allerdings bereits.

»Wir werden sehen, wie wir Sie aus diesem Schlamassel wieder rausbekommen«, versuchte Christoph, ihn zu beruhigen.

»Schlamassel«, wiederholte David ungläubig und deutete mit dem Finger in Richtung des Meeres, das wir durch die Wände nicht einmal hörten.

»Da draußen ankern Boote«, lautete sein Vorschlag.

Christoph nickte müde.

»Nur leider habe ich heute den Koffer mit dem Bargeld und den gefälschten Pässen nicht dabei. Den habe ich irgendwo in den Neunzigerjahren stehen gelassen. Ansonsten eine glänzende Idee.«

»Was ist heutzutage die Alternative?«

»Wir werden das vorerst unterm Deckel halten. Keine Videobotschaften, keine Berichte, keine sozialen Medien. Keine Informationen nach außen. Sie sind wie vom Erdboden verschluckt. Sie gehen nicht mal zum Rauchen auf den Balkon.«

»Das klingt wirklich vielversprechend.«

Ich sah, wie Christoph den Daumen tief in seinen Handballen drückte. Das habe ihm der Amtstherapeut vor Jahrzehnten empfohlen, um seine spontanen Aggressionen in den Griff zu bekommen, wie er mir kürzlich verraten hatte. Ganz ruhig sprach er nun weiter und sagte, dass die Kanzlerin nächste Woche beim G20-Gipfel den Präsidenten treffen und David ausdrücklich mit auf ihre Agenda nehmen werde, zumindest würden wir sie darum bitten. Christoph hielt den direkten Weg inzwischen für den einzig möglichen, auch das war Zeichen seiner müden Frustration. Er stand auf, drückte David wie zu einem letzten Abschied die Hand. Mir warf er ein »Ich warte unten!« zu.

»Wer ist hier eigentlich der Chef?«, fragte David, nachdem die Schritte im Treppenhaus verhallt waren.

»Immer die, die am Ende für nichts verantwortlich ist.«

»Bist du eine gute Chefin, Fred?«

Ich griff nach meiner Handtasche und stand auf.

»Wir melden uns«, sagte ich und wusste plötzlich nicht, wie ich mich verabschieden sollte. Eine Unsicherheit, die dazu führte, dass ich David wie zur Aufmunterung auf die Schulter klopfte, was mir noch im selben Moment völlig unangemessen erschien, fast höhnisch. Er blickte mich mit einer eindringlichen Traurigkeit an, die ich geneigt war, für einen schäbigen Trick zu halten.

»Dass du neuerdings ein Wir bist, macht mich irgendwie fertig«, sagte er. »Fast mehr als alles andere.«

Erneut klopfte ich ihm auf die Schulter. Ich lief die Treppen hinunter und sah Christoph die Auffahrt auf und ab stapfen.

»Für wen hält der sich eigentlich!«, schimpfte er. »Ein bisschen Demut steht jedem gut, sage ich nur.«

»Ich glaube, er ist überfordert. Nehmen Sie es nicht persönlich.«

»Ich habe noch nie irgendetwas persönlich genommen, aber eines muss ich Ihnen sagen: Sie haben zu viel Verständnis für Jungs, die sich selbst in die Scheiße reiten.«

Wir gingen an blühenden Astern vorbei, alles leuchtete lila und pink, und nie kam hier einer vorbei, den sie glücklich machten. Ich fragte Christoph, wie er unsere Chancen einschätzte, aus dieser Sache still und heimlich herauszukommen.

Er schüttelte nur den Kopf, während vor uns schon das Tor geöffnet wurde.

»Teilen wir uns ein Taxi?«, fragte Christoph. »Wo müssen Sie hin?«

»Finnland«, antwortete ich freudlos.

»Ach kommen Sie, bei den Finnen ist es doch immer nett. Ich habe gehört, die haben einen neuen Koch. Aus Izmir. Irgendein alter Freund des Botschafters.«

»Einen Finnen?«

»Ganz genau, einen Finnen aus Izmir.«

Und den wollte ich dann doch sehen.

26

Noch während Meral in der Klinik gelegen hatte, war ein neuer Prozesstermin verkündet worden. Ihr Zustand hatte sich innerhalb von Tagen verbessert, allerdings nur auf dem Papier. Ihren Körper schien sie noch immer hinter sich herzuschleppen, schließlich waren es nicht die Blutwerte, die einen Menschen aufrecht hielten. Ob die Überdosis Insulin ein Versehen war, ein verzweifeltes Aufbegehren, vielleicht sogar Taktik oder, wie Barış vermutete, ein Mordversuch, war ein Geheimnis geblieben. In knapp zwei Stunden würde sie vor Gericht stehen, und ich saß auf meinem Balkon, blickte über das Wasser, lebte zwischen zwei Meeren, alles im Fluss, alles in Bewegung.

Ich atmete durch und griff nach dem Papier, das neben mir auf dem Tisch lag, eine Initiative des Presse- und Kulturreferats. Wie ich las, wollten wir einen Lavendelgarten im neuen botanischen Garten der Stadt anlegen. Ich stolperte über das Wort Freundschaft, welches, wie eine Beschwörung, in jedem Absatz auftauchte. Sie sprachen von Freundschaft, als bräuchte es dafür nur einen Lavendelgarten.

Seelenruhig schleuderte ich das Projekt in den Bosporus. Es war eine sehr hübsche Idee, die erstaunlich weit flog, bevor sie in den Wellen unterging. Noch während ich ihr nachsah, klopfte es an die Balkontür. Ich drehte mich um und sah in sein leuchtend rotes Gesicht, die Aufregung schien sich in jeder Pore zu stauen. So hatte ich Christoph erst ein einziges Mal gesehen, das war kurz vor dem ersten und bisher einzigen Freispruch gewesen, den ich hier erlebt hatte. Der Mitarbeiter einer internationalen Hilfsorganisation, der sich direkt nach der Urteilsverkündung in einen derartigen Rakı-Rausch gestürzt hatte, dass er erst drei Tage später transportfähig war.

»Los geht's!«, rief er. »Ich habe ein gutes Gefühl!«

»Sie haben nie ein gutes Gefühl.«

»Nur wenn sie kurz vor der Verhandlung den Richter austauschen.«

»Ist das Ihr Ernst?«

»Oh ja!«

Christoph griff sich meine Tasche und lief mir voraus aus dem Konsulat, er rannte fast, und ich kam kaum hinterher, weder ihm noch seiner Begeisterung.

»Wo ist Philipp?«, rief ich.

»Kommt direkt zum Gericht. Sein Flug hat Verspätung.«

Wir sprangen in den Wagen, der draußen auf uns wartete, Christoph sprühte sich etwas Pfefferminz in den Rachen, und sofort rauschte Kadir los.

27

Stunden später standen wir in einem stillen Jubel. Wir hatten einen Sieg davongetragen. Er war nicht vollständig, aber davon hatte auch niemand zu träumen gewagt. Meral war frei, freigesprochen worden an diesem nebligen Septembervormittag, eine Freiheit unter Auflagen. Sie durfte das Land nicht verlassen und musste sich einmal in der Woche auf der Wache melden, doch das war egal, heute war das egal. Wir hatten im Gerichtssaal gestanden und die Arme hochgerissen, gejubelt und applaudiert, Barış hatte Tränen in den Augen gehabt und nach Elifs Hand gegriffen. Und jetzt standen wir vor dem Gefängnistor in Bakırköy, Freunde, Unterstützer, Journalisten, Fotografen. Die einen hatten ihren Finger am Auslöser, die anderen ihre Hand am Champagnerkorken, und hinter den Mauern verdunkelte sich der Himmel.

Selbst wenn man alles mit einrechnete, den Weg vom Justizpalast zurück in die Zelle, das Packen der Tasche, das Abziehen des Bettes, das Herausstellen der Matratze, den Abschied von den Zellengenossinnen, die letzte Zigarette, die letzten guten Wünsche und Umarmungen, die letzten Kontrollen am Ausgang, das Unterzeichnen der Entlassungspapiere, selbst dann

187

hätte Meral längst hier draußen sein müssen, in dieser sogenannten Freiheit, die vor dem Gefängnistor auf sie wartete.
Jedes Mal, wenn das Tor sich öffnete, setzte der Jubel ein und
erstarb sogleich, weil es wieder nur ein Transporter war, ein
Polizeiwagen mit leerer Rückbank oder wie jetzt ein schwarzer
Van mit getönten Scheiben, dem ich nachsah und in dem ich
glaubte, einen winkenden Schatten zu erkennen.

»Hier stimmt was nicht«, flüsterte ich Christoph zu.

Er blickte von seinem Handy auf, wo er die getippten Freu-
denschreie und Hasskommentare auf Twitter verfolgte. Schon
am Mittag hatten die Presseagenturen Merals Freilassung ver-
meldet, doch langsam machte sich auch dort Unruhe breit. Es
wäre nicht das erste Mal, dass der Freispruch eines Richters
keine zwei Stunden später nichtig gemacht und eine neue Anklage aus dem Fundus geholt wurde.

»Da gebe ich Ihnen vollkommen Recht«, antwortete Christoph, und Philipp, der mit einem Blumenstrauß neben uns
stand, richtete seinen Hemdkragen und sagte, er werde da jetzt
reingehen. Als würden sie die Tore aufreißen, wenn die deutsche Regierung anklopfte.

Da niemand von uns ein Türkisch sprach, das dieser Situation angemessen war, ein Türkisch, das fordernd klingen
konnte, Antworten verlangte und, wenn nötig, die Grenzen der
Höflichkeit überwand, bat ich Elif darum, die Direktion anzu-
rufen. Wir verließen die inzwischen verstummte und ratlose
Gruppe, bis wir außer Hörweite waren. Nach wenigen Minuten
wurde Elif zum Direktor durchgestellt. Sie besaß eine Eigenschaft, zu der nur sehr wenige Menschen fähig waren und die
ich bei ihr nie zuvor erlebt hatte: eine Wut, die eiskalt war.

Während andere anfingen zu brüllen, zu beleidigen, um sich zu schlagen, blieb Elif hart und sachlich.

Als sie auflegte, hatte ihr Gesicht die Farbe von Eis angenommen. »Sie haben Meral zur Ausländerbehörde gebracht«, sagte sie fassungslos. »Der Direktor hat behauptet, das sei eine reine Formalität, das übliche Verfahren bei nicht-türkischen Staatsangehörigen.«

»Das übliche Verfahren kann mich mal!«, entfuhr es mir.

»Ich vermute, sie wollen sie still und heimlich abschieben. So schnell wie möglich«, meinte Elif.

»Sie hat eine Ausreisesperre!«, fluchte ich noch, während ich schon zum Wagen rannte. Es gab Momente im Leben, in denen es das einzig Richtige war, die Geduld zu verlieren. Man musste erkennen, wann man die Schnauze voll hatte, und wenn es für diesen Fall einen Fahrer gab, der schon den Motor startete, wenn er einen im Rückspiegel kommen sah, war man klar im Vorteil. Ich riss die Tür auf und hörte, wie hinter mir alles in Bewegung geriet. Philipp und Christoph warfen ihre Aktentaschen in den Wagen, und als ich mich umdrehte, sah ich, dass auch Barış und Elif zu ihrem Auto liefen. Überall das Öffnen und Zuschlagen von Türen, das Anlassen der Motoren, es war mein erster Autokorso, der zu keinem Empfang und keiner Konferenz unterwegs war, der ganz im Gegenteil höchst unwillkommen war. Es war auch der erste, der schnell war, rasend schnell. Kadir bretterte mit hundertvierzig über die Schnellstraße in Richtung Zentrum, eine Geschwindigkeit, bei der er all seine Anspannung verlor. Ein Mann, der erst im Rausch bei sich war. Die Kolonne hatte Mühe, an uns dranzubleiben. Christoph las uns die ersten Twitter-Meldungen über eine Entführung vor, was zwar niemand bestätigen konnte, aber auch keiner von uns dementieren wollte. Von uns würde man erst etwas hören, wenn die Mutmaßungen und Empörungen sich beruhigt hatten, wenn es eindeutige Ergebnisse gab.

28

Unser Korso blockierte die gesamte rechte Spur vor der Ausländerbehörde. Philipp und Christoph waren die Ersten, die
hineingingen. Wollte man eine Behörde erobern, tat man dies
am besten in einem gut sitzenden Anzug. Elif und ich folgten,
wir drängelten uns vorbei an den Wartenden aus Syrien und
Afghanistan, niemand versuchte uns aufzuhalten, die Beamten
am Eingang nickten uns schier ergeben zu, wir bestiegen den
Fahrstuhl und fuhren in die oberste Etage, wo Christoph das
Büro des Chefs wusste.

Ein kurzes Anklopfen, ein schnelles Öffnen, gefolgt von einer Begrüßung wie aus dem Handbuch der Etikette, die ich
nicht erwartet hatte. Das Netzwerk, das Christoph so gekonnt
pflegte, überraschte mich immer wieder. Ein Händeschütteln,
während sich die beiden gleichzeitig kurz auf die Schulter
schlugen. Es war die Art, wie Bosse sich umarmten. Christoph
stellte uns vor, und schon brachte die Sekretärin den Tee, und
das war das Letzte, was ich wollte. Tee und Gebäck und Höf-
lichkeiten, während unten zwei Dutzend Journalisten und
Unterstützer die Straße blockierten. Nur widerwillig setzte ich
mich auf den Platz, den man mir anbot, und sah zu Philipp und

Elif hinüber, die genauso angespannt auf den Stuhlkanten saßen. Einzig Christoph lehnte sich zurück und begann, von Meral zu erzählen wie von einer alten, gemeinsamen Bekannten, die man viel zu lange nicht gesehen hatte und um die man sich ein bisschen Sorgen machte. Der Leiter der Ausländerbehörde schlürfte seinen Tee, nickte und verstand die Bedeutung hinter jedem Wort. Er griff zum Hörer und drückte nur eine Ziffer, bevor er zu sprechen begann. Kurze, knappe Sätze, von denen nicht klar war, ob es sich um Fragen oder Anordnungen handelte. Diese Prozedur wiederholte er mehrere Male, als zappte er sich durch seine eigene Behörde, bevor er endgültig den Hörer auflegte und in sein makelloses Englisch zurückwechselte. Alles an ihm vermittelte uns deutlich, dass er im Ausland studiert hatte, wahrscheinlich an einer Elite-Uni im Mittleren Westen der USA. Der Sessel, auf dem er hier saß, war für ihn nur eine Zwischenstation.

Es gebe keine Meral, sagte er. Definitiv nicht. Weder hier noch in den anderen Büros der Stadt. Eine Deutsche in Polizeibegleitung würde man bemerken. Er zuckte mit den Schultern und behauptete, es tue ihm sehr leid, dass er uns da nicht weiterhelfen könne.

Es gab kaum einen Satz, der mich so in Rage versetzen konnte wie dieser. Er war immer eine Lüge.

»Wir haben eine deutsche Staatangehörige, die heute Vormittag freigesprochen wurde«, sagte ich. »Nur leider ist sie seitdem verschwunden. Sie ist nach dem Gerichtstermin in einen Polizeiwagen gestiegen und nicht wieder aufgetaucht.«

Er trank einen Schluck Tee, nickte selbstgefällig und sah dabei nicht mich an, sondern Christoph.

»Vielleicht weiß die Polizei, wo sie ist«, setzte ich nach, und das war ganz entschieden keine Frage.

Im Augenwinkel sah ich, wie Philipp mir zustimmte.

Der Chef griff nach dem Handy, das vor ihm auf dem Tisch lag und erhob sich von seinem gepolsterten Karrieresprungbrett.

»Entschuldigen Sie mich kurz«, sagte er und verließ sein eigenes Büro. Noch in derselben Sekunde betrat seine Sekretärin den Raum, um tatsächlich Akten gerade zu rücken. Ihr Gesicht war ohne jeden Ausdruck, ihr Make-up wie Porzellan. Sie schaute uns an und gleichzeitig durch uns hindurch, als wären wir Fenster ins Nichts. Die Minuten vergingen schweigend. Unsere Gesichter wurden ähnlich ausdruckslos wie das jenes Wesens, das vor uns unbeirrt Dinge auf dem Schreibtisch um Millimeter verschob. Als der Leiter der Behörde endlich zurückkehrte, schwebte sie aus dem Büro. Er ließ sich in seinen Stuhl fallen, warf sein Handy von sich und lehnte sich zurück. Seine alleinige Aufmerksamkeit widmete er nun Philipp. Möglicherweise hatte sein Gesprächspartner ihn auf eine gewisse Priorität hingewiesen, und unüberhörbar war dies ein schlauer Mann gewesen, denn wie wir jetzt erfuhren, war Meral auf eine Wache in der Nähe des Flughafens gebracht worden.

»Welcher Flughafen?«, fragte Philipp, denn wir befanden uns in einer Stadt, die nicht weniger als drei hatte.

»Ich schreibe Ihnen die Adresse auf«, sagte er. »Flughafen Sabiha Gökçen.«

Während er schrieb, empfahl er uns, durch den Tunnel und dann über Sultanbeyli zu fahren. »Das ist der schnellste Weg«, sagte er, und es klang, als hätten wir keine Sekunde zu verlieren.

Elif sah mich mit ihren strengen, hochgezogenen Augenbrauen an. Wir lebten in einem Land und in einer Zeit, wo alle unsere Albträume wahr werden konnten. Vielleicht mussten wir einfach nur an unseren Visionen arbeiten. Wir erhoben uns von den harten Stuhlkanten, und der Leiter der Behörde reichte Philipp seine Visitenkarte.

»Falls Sie meine Hilfe brauchen«, sagte er zum Abschied.

Ich war mir sicher, dass auf dieser Karte nichts stand als die Nummer seines Büros, das er, direkt nachdem wir verschwunden waren, hinter sich abschließen würde. Wir liefen die Treppen hinunter, hatten keine Geduld für den Fahrstuhl, rannten auf die Straße und riefen die Adresse der Horde entgegen, die draußen auf uns wartete.

Wieder sprangen alle in ihre Wagen, und Kadir rauschte mit uns durch den fast leeren, noch immer nagelneuen Tunnel.

»Gebühr ist zu teuer für die Leute«, klärte er uns auf. »Tunnel nur für Leute mit Geld.« Er lächelte uns anerkennend zu, und nach wenigen Minuten kehrten wir nicht etwa ins Tageslicht zurück, sondern wurden empfangen von einem schwarzen, krachenden Himmel, der sich über uns entlud.

»Willkommen in Asien«, stöhnte Kadir und jagte unbeeindruckt durch den strömenden Regen.

Neben mir schloss Philipp die Augen, was er immer tat, wenn er Angst hatte. Er sah einfach nicht hin, blendete den Schrecken aus. Eine Taktik, die auch ich probiert und die alles nur schlimmer gemacht hatte. Die Angst saß innen, und außen saß die Wut. Ich würde die gesamte Polizeistation auseinandernehmen, wenn Meral nicht oder nicht mehr dort war. Ich hatte eine Wut in mir, von der ich glaubte, sie könnte sogar Flugzeuge vom Himmel holen. Zumindest wenn darin eine Mutter saß, die man mutwillig von ihrem Kind trennte.

29

Ich war diejenige, die vorausging, die Tür zur Wache aufstieß und ihre Visitenkarte auf den Empfangstresen knallte, wie einen Durchsuchungsbeschluss. Natürlich zuckten die Polizisten nur mit den Schultern. Hier sei keine Meral, nie eine gewesen. Als ich mich umblickte, sah ich tatsächlich ausschließlich Männer in Uniformen. Alle anderen waren entweder vor Kurzem weggeschafft worden oder saßen eingeschlossen unten im Keller. Man bat mich zu gehen. Man könne mir leider nicht weiterhelfen. Aber ich ging nicht, ich blieb stehen, zog meinen Mantel aus und legte ihn über den Tresen. Ich wusste nicht, warum, ich wusste nur, dass ich diese elende Polizeistation, die aussah wie eine Baracke, nicht kampflos verlassen konnte, notfalls würde ich sie besetzen. Interessant, dachte ich, auf welche Weise während der Midlife-Crisis die Jugend durchbrach. Männer kauften sich Motorräder und suchten sich eine junge Geliebte, ich revoltierte wieder gegen die Staatsmacht. Was umso absurder war, da ich inzwischen selbst dazugehörte. Ich revoltierte quasi gegen mich selbst. Davon abgesehen wusste ich nicht, was wir sonst hätten tun sollen. Jede einzelne Wache in dieser Stadt abfahren? Die Flughäfen kontrollieren?

Wir waren keine Spezialeinheit und keine Weltmacht, wir brachten keine Währung ins Schlingern, keine Regierung zu Fall, wir verhängten nicht mal Sanktionen. Wir waren drei läppische deutsche Beamte, und genauso wurden wir behandelt. Mit unseren Visitenkarten aus stabiler Pappe reinigten Polizisten wie diese sich die Fingernägel.

Philipp, der hinter mir stand, in jeder Hinsicht, wie ich gern glauben wollte, sagte: »Ich rufe mal meinen neuen Freund an.«

Von der Tür aus rief Christoph »Schönen Gruß«, während er weiter die Aufregung auf Twitter verfolgte.

Philipp hielt die Karte mit der Nummer weit von sich, sein Arm reichte kaum, um die Ziffern in die Schärfe zu ziehen, doch ich verbat es mir, ihm meine Hilfe anzubieten. Er wollte beim Altwerden nicht erwischt werden. Als ich ihn tatsächlich sprechen sah, konnte ich es nur schwer glauben, und als er schließlich das Telefon über den Tresen reichte, an einen Uniformierten, den er zielsicher als den wichtigsten Mann im Raum erfasst hatte, spürte ich nicht nur eine kurzfristige Erleichterung, sondern auch einen lang gewachsenen Unmut. Diese Männerbünde gingen mir auf die Nerven. In den Gesichtern der Polizisten war plötzlich Anspannung zu erkennen, es gab kein Schulterzucken mehr, kein Kopfschütteln, stattdessen ging ein untergebenes Nicken durch die Truppe. Alles nur ein Missverständnis, sie hätten den Namen nicht richtig verstanden, das Übliche, und dann rannte schon einer die Treppen hinunter, während draußen im Regen nach und nach die Freunde und Journalisten vorfuhren, die sich alle den Tunnel gespart hatten.

Ich hatte sie noch nie in voller Größe gesehen, Meral hatte entweder auf einem Gefängnisstuhl gesessen oder in einem Krankenbett gelegen, und ich fragte mich, wie jemand, der wahrscheinlich ein Meter achtzig groß war, so klein erscheinen konnte. Sie überragte mich um einen Kopf und wirkte dabei, als könnte ich sie in meinen Armen wegtragen. Sie hatten Meral gebrochen, so einfach war es zu denken und so schwer zu verstehen. In dem Versuch, tapfer zu erscheinen oder gar glücklich, denn eine Freilassung hatte schließlich glücklich zu machen, verzog sich ihr Gesicht zu etwas Maskenhaftem, die harte Falte zwischen ihren Augenbrauen sah aus wie ein einziger vorwurfsvoller Zweifel. Ihr langer, dünner Körper stützte sich an mir ab.

»Danke, Frau Konsulin.«

Ich nahm ihre Hand und zog sie vorsichtig, fast unmerklich hinter mir her.

»Ich will nach Hause«, sagte sie erschöpft.

Draußen hörte ich weitere Wagen vorfahren, ein Hupkonzert, eine lärmende Freude, ein Jubel über die Freiheit, die Polizisten im Raum traten zurück, doch Meral sah mich nur hilflos an.

»Richtig nach Hause, Frau Konsulin. Sie wissen schon, in die Heimat.«

Ich nickte und begleitete sie langsam zum Ausgang, ein tastender Schritt nach dem anderen.

»Und mein Sohn kommt mit«, sagte sie.

»Natürlich.«

Durch die Tür aus Milchglas sahen wir draußen die Umrisse von Menschen und Kameras, selbst durch die Scheibe war die Unruhe und Aufregung zu spüren.

»Ich muss jetzt wohl sehr glücklich sein, nicht wahr?«

Sie krallte sich an meinem Arm fest wie ein verängstigtes Kind.

»Sie müssen gar nichts, Meral.«

Die Tür flog auf, und als Erstes rannte Barış auf sie zu.

30

Ich sei nicht mehr die Alte, sagte Philipp. Er sprach sogar davon, dass er sich Sorgen mache.

»Du darfst die Dinge nicht so an dich heranlassen«, meinte er, als wüsste ich das nicht selbst. Als wäre dies die Maxime, die wir wie ein Banner über unser Dasein zu spannen hätten.

Ich lasse die Dinge nicht an mich heran.

Wir spazierten durch die Sommerresidenz, vorbei an dem Teehaus, in dem nie jemand Tee trank und wo sich lediglich ein paar Bierbänke stapelten, letztes Altglas, was vom Fest so übrig blieb. Das gesamte Anwesen wirkte übrig geblieben. Vor Jahrhunderten galt dieser Ort noch als Heilstätte, jetzt waren die Quellen ausgetrocknet und die Brunnen verfallen. Eine vermodernde Idylle und mittendrin ein verwahrloster Tennisplatz, für einen Botschafter, der glaubte, mit seiner angeblich legendären Rückhand den Außenminister schlagen zu können.

»Du verlierst die Nerven, Fred.«

»Es sind nicht die Nerven«, sagte ich. »Die Nerven sind okay, glaub mir.«

Manchmal war mir, als wären mein aufrechter, eigentlich steifer Gang, meine ständig verspannten Schultern, dieser ganze harte Schmerz im Körper nur Nebenwirkungen meines Nervenkostüms, dieser Rüstung, die ich nicht außen, sondern innen trug.

»Ich verliere nur die Geduld«, erklärte ich. »Als hätte ich nicht mehr die Kraft, zu warten.«

Wir tappten in den Wald hinein, der das Grundstück abgrenzte zu unserem übermächtigen Nachbarn. Es war ein so bitteres wie verrücktes Eingeständnis, aber wir begannen unwillkürlich zu flüstern, als wir hinter den Bäumen die Wachtürme der Präsidentenvilla durchscheinen sahen.

»Eine Diplomatin ohne Geduld ist berufsunfähig«, stellte Philipp mit all seiner Nüchternheit fest.

»Notfalls bleibt mir noch die Resignation«, sagte ich. »Damit schaffe ich es bis zur Rente.«

Ich war umgeben von Männern auf ihrem letzten Posten, in deren Augen ich wahrscheinlich die neue Generation war. Aber wie konnte man mit fünfzig eine neue Generation sein? Nach zwanzig Dienstjahren noch dazu.

Philipp bewunderte eine stolze Kiefer, als er meinte: »Dieses Zickige steht dir überhaupt nicht, wenn ich das sagen darf.«

»Ein Glas Whisky könnte helfen.«

»Ja, mir auch.«

»Dich habe ich gemeint. Aber ich würde wohl eines mittrinken.«

Er lachte. »Ja«, sagte er. »Ich habe da neulich einen guten geschenkt bekommen, hat ein bisschen Bagdad im Abgang.«

»Klingt verlockend.«

Wir probierten es mit unseren bewährten Mitteln, beschworen tapfer die alte Freundschaft herauf, als ahnten wir nicht, dass auch Freundschaften von Ort und Zeit abhingen, im richtigen Moment wuchsen und verkümmerten.

Philipp atmete die Waldluft ein. »Herrlich« fand er das. Wer aus Ankara anreiste, für den war ein Hektar Wald bereits ein Bad in der Natur.

»Hast du heute was aus Berlin gehört?«, riss ich ihn aus seinem Genuss.

»Ich habe auch nur die Pressekonferenz gesehen«, sagte er und nahm einen letzten tiefen Zug vom Wald.

»*Es gibt da verschiedene Fälle, wo wir uns durchaus Sorgen machen*«, zitierte ich die Kanzlerin. »Das ist schön gesagt.«

»Immerhin haben die beiden wohl darüber gesprochen.«

»*Wir haben alles versucht.* Das wird dann die Nachricht sein, die ich ins Dachzimmer trage.«

»Woran absolut nichts falsch ist«, bemerkte Philipp.

»Richtig«, sagte ich. »Wir haben alles versucht. Ich nicht.«

Wir lächelten uns an, mit schmalen Lippen und zusammengebissenen Zähnen.

»Fred, ehrlich, Entscheidungen müssen auf der Grundlage von Fakten getroffen werden, nicht auf der Grundlage von Gefühlen oder Hoffnungen.«

»Und Fakt ist, dass die ganze Sache die deutsch-türkischen Beziehungen belastet. Und dass auch bei uns niemand ein gesteigertes Interesse daran hat, dass über die Zusammenarbeit deutscher und türkischer Geheimdienste irgendetwas publik wird.«

»Wir können uns dem türkischen Recht nicht widersetzen. Das wäre ein Fehler, und die Fehler machen immer noch sie, nicht wir.«

»Ja, wir verschärfen nur die Reisehinweise. Da kann man nicht viel falsch machen.«

Philipp seufzte. Ein Altherrenseufzen, ein Besserwisserseufzen, ein Ich-habe-es-immer-schon-gewusst-Seufzen. Ein Seufzen, das ich noch nie ertragen konnte.

»Ich sage es ungern, aber du solltest mal Urlaub machen.«

»Deine Ratschläge waren auch schon fundierter.«

»Am Meer vielleicht«, schlug er vor. »Mach doch nächste Woche einfach mal ein paar Tage frei.«

»Wann genau?«, wollte ich wissen.

»Wenn du so fragst, Mitte der Woche.«

Ich nickte erschöpft. Nichts konnte ich besser, als den Eindruck zu vermitteln, ich würde mich geschlagen geben. Im vermeintlichen einsichtigen Aufgeben konnte mir niemand das Wasser reichen, und noch immer war es so, dass meine Zähigkeit unterschätzt wurde.

»Steht das Angebot mit dem Whisky noch?«

»Unbedingt. Inzwischen habe ich sogar rausgefunden, wo die Gläser sind.«

Immerhin das, dachte ich.

31

Ich wartete nicht, ich hatte aufgehört zu warten, und Asena sah mich ungläubig an.

»Jetzt sofort?«, fragte sie.

»Der Flug geht in vier Stunden.«

Sie sah in meinen geöffneten Koffer, der auf dem Bett lag, und erkannte, dass der Badeanzug fehlte.

»Es ist kein Strandurlaub, Asena.«

»Das kann ich mir denken, Madam. Sie fahren ans Meer, um nach Griechenland zu schauen.«

»So kann man es sagen.«

»Einen Badeanzug brauchen Sie trotzdem. Zur Sicherheit«, sagte sie, und ich fragte mich, von welcher Sicherheit sie sprach.

Asena nickte mir aufmunternd zu: »Gut. Sehr gut. Ich rufe meinen Neffen an.«

Damit verschwand sie aus dem Schlafzimmer, und ich starrte auf meinen geöffneten Koffer. Was packte man ein für eine Reise, die es gar nicht geben durfte? Ich packte *geschäftlich*. Nur den Badeanzug, den nahm ich trotzdem mit. Denn wem, wenn nicht Asena, sollte ich in dieser Hinsicht vertrauen? Außer ihr wusste niemand von meinem überstürzten Wochenendausflug.

Schließlich besichtigte kein normaler Mensch einen Ort, bevor er eine Woche später dort Urlaub machte. Einen Urlaub, der mir dringend empfohlen worden war, von meinem besten Kollegen, damit ich hier nicht störte. Damit unsere Regierung das Problem David in aller Ruhe den türkischen Behörden übergeben konnte. Damit alles seinen rechtmäßigen Gang ging, während ich mich am Strand sonnte und stillhielt. Es war ein Gesetz, dass die größte Scheiße zu Hause immer dann passierte, wenn man im Urlaub war. Wohnungseinbrüche, Wasserschäden, Untreue, Rücktritte, Putschversuche, all das passierte, während man sich anderswo entspannte.

Asena klopfte leise an die offene Tür und entschuldigte sich. »Er schafft es leider nicht, Sie abzuholen«, sagte sie. »Aber heute Abend wartet er an der Marina auf Sie. In der Weinbar.«

»Das klingt sehr gut. Vielen Dank, Asena.«

»Er hat außerdem angeboten, Ihnen ein Zimmer zu reservieren. Ein Freund von ihm hat ein sehr schönes Hotel. Mit Blick auf Meis«, fügte sie hinzu.

Sie sah auf die ankommenden Nachrichten in ihrem Telefon und kicherte.

»Es heißt Diva Palace.«

»Perfekt. Das nehme ich.«

»Wollen Sie Fotos von dem Hotel sehen? Er hat welche geschickt.«

Sie zeigte mir die Bilder und meinte, ich würde natürlich Rabatt bekommen.

»Auf alles, Madam.«

Asena kicherte schon wieder. Ihr unnachahmliches, allwissendes Kichern.

32

Ich hatte alle Termine für das Wochenende abgesagt, war von
Istanbul nach Antalya geflogen und am Flughafen in einen
Mietwagen gestiegen. Es tat gut, endlich einmal wieder selbst
am Steuer zu sitzen. Für ein ewiges Leben auf der Rückbank
war nicht jede gemacht. Ich nahm die D400 in Richtung Westen, vorbei an Urlaubshöllen voller All-inclusive-Hotels und
Poolanlagen mit Meerblick. Warum man ein Schwimmbecken
brauchte, wenn vor einem der Strand lag, hatte ich nie verstanden. Der Verkehr wurde ruhiger, je weiter ich diese teuflischen
Paradiese hinter mir ließ, und zwischen den Kurven blitzte immer wieder das Meer auf. Es war ein malerisches Land, so von
außen betrachtet. Was konnte eine Landschaft für den Präsidenten.

Nach drei Stunden erreichte ich Kaş, und das Erste, was ich
sah, war nicht der verträumte Hafen für die Ausflugsboote,
nicht der wuselige Marktplatz mit den Cafés, die engen Gassen
voller Geschäfte, die Dachterrassen, auf denen sie gegrillten
Fisch und Oktopus servierten, das Erste, was ich sah, war die
patrouillierende Küstenwache auf dem Meer und der Radar-
turm am Hang. Die Außengrenze der EU, für deren Aufrüstung

wir mit mehr als nur Geld bezahlten, für deren Schutz wir uns auf Deals einließen, die uns zum Verstummen brachten.

Kaş bedeutete übersetzt nichts anderes als Augenbraue. Eine streng erhobene, dachte ich. Ich fuhr weiter zum Diva Palace, das auf einer Landzunge lag, die komplett von Hotels besetzt wurde, als wäre sie einzig dafür aus dem Wasser aufgetaucht. Mein Gepäck wurde in die Suite gebracht, ein Angestellter servierte mir lächelnd einen Aperitif, und vor mir lag Griechenland. Ein schroffes griechisches Eiland, kleiner und näher als erwartet. Ich fragte den Kellner, wie weit es sei bis zur Insel.

»Drei Kilometer«, sagte er. »Manche versuchen zu schwimmen.«

Ich nippte an dem zu süßen Sekt und bedankte mich. Es war ein sengend heißer Nachmittag, über die Bucht schallte matt der Gesang eines Muezzins, das Hotel wirkte zu dieser Tageszeit wie ausgestorben.

Vom Balkon meiner Suite aus konnte ich das Meer überblicken. Ruhig lag es da, unschuldig. An der Küste sah ich Menschen baden, ich hörte das Lachen von Kindern und Verliebten.

Über zwanzigtausend Flüchtlinge waren in den vergangenen sieben Jahren im Mittelmeer ertrunken, doch der Urlaub blieb ungetrübt. In den Händen hielt man Unterhaltungsromane, auf der Haut trug man Lichtschutzfaktor 30. So einfach konnte das Glück sein.

33

Ein Jachthafen wie überall auf der Welt. Was nicht bedeutete, dass ich mich besonders gut mit Jachthäfen auskannte, aber die wenigen, die ich bisher gesehen hatte, waren austauschbar. Es war das immer gleiche Publikum, reich, lachend, gebräunt. Ein sorgloses Leben, wenn man festen Boden und fremde Länder nur betrat, um sich in der Abendsonne zu betrinken.

Sie erkennen ihn sofort, hatte Asena gesagt. Er ist der, der nicht wie ein Türke aussieht. Als ein großer blonder Kerl in Fleecejacke die Terrasse betrat und den Besitzer umarmte, wusste ich, was sie meinte.

Er kam zielstrebig auf meinen Tisch zu, ich war die einzige Frau, die allein hier saß, dazu blass, nicht glücklich, nicht entspannt. Ich nickte ihm zu, und er setzte sich an meinen Tisch, wo er als Erstes sein Handy auf den Tisch legte.

»Sorry, no English, no German«, sagte er und öffnete die Translator-App.

Als ich beim Anblick des Telefons zusammenzuckte, lachte er und sprach klare türkische Sätze in das Mikrofon.

Keine Sorge, las ich. *Anderes Telefon wohnt im Auto. Das für Übersetzen nur.*

»Benim adım Savaş«, sagte er, und auf dem Display erschien der Satz: *Mein Name ist Krieg.*

Ein Name, dem ich jetzt vertrauen musste. Fred hingegen blieb in der App einfach nur Fred, ohne jede Bedeutung, und auch das erschien mir passend.

Savaş blickte sich um, betrachtete die Gäste an den anderen Tischen und schlug vor, ein wenig spazieren zu gehen.

Wir schlenderten die Marina entlang, vorbei an luxuriösen Restaurants, die Meeresfrüchte anboten, einem Supermarkt, der hauptsächlich Bier und Sonnenschutz verkaufte, einem Hamam, vor dem die Masseure sich erholten. Es war ein Durchgangsdorf der Oberklasse, die Jachten ankerten an abgeschlossenen Stegen. Zwischen uns hielt Savaş das Handy, in welches wir abwechselnd sprachen und das jetzt in monotoner Stimme für uns übersetzte.

Wer dieses Land verlassen will, soll es verlassen können, hörte ich, und noch bevor ich zustimmen konnte, sprach die Stimme weiter.

Wir brauchen hier keine Terroristen. Keine Terroristen, die in Deutschland ihr so liebt.

Ich hielt es für besser, keine politische Diskussion anzufangen, falscher Ort, falscher Zeitpunkt, ganz falscher Gesprächspartner. Er musste von nichts überzeugt werden, er hatte seine eigenen Gründe und wir ein gemeinsames Ziel.

Wie viele haben wir?, fragte die Stimme.

»Drei«, sagte ich. »Eine Frau, zwei Männer.«

Savaş nickte und fragte nach den Pässen.

»Deutsche Pässe, aber einmal doppelte Staatsangehörigkeit.«

»No scan«, erklärte Savaş. »On boat no scan.«

Deutscher Pass gut. Türkischer Pass Problem.

»Und Ausreisesperre«, fügte ich hinzu.

Irritiert sah er mich an. Dem türkischen Translator war dieses Wort offenbar unbekannt.

»Sie dürfen nicht ausreisen«, versuchte ich es, und Savaş verstand.

Ich helfe gern, hörte ich, verstand aber noch immer nicht, was genau er vorhatte.

Savaş erklärte, er habe einen Freund bei der Küstenwache. *Ein guter Freund,* sei das, *leider auch ein teurer Freund.*

Ich war mir nicht sicher, ob ich wirklich *teurer* gehört hatte oder es vielleicht *treuer* hätte heißen sollen, kam aber zu dem Schluss, dass es in diesem Geschäft zwar nicht das Gleiche war, sich aber gegenseitig bedingte. Ein treuer Freund war teuer und hoffentlich auch umgekehrt.

Aber für dich Rabatt, hörte ich. *Für Chef von Asena Rabatt.*

Ich lächelte, schließlich arbeitete Asena nicht für mich, sondern wurde vom Amt bezahlt, und dass nun der deutsche Staat Rabatt bei einem türkischen Schlepper bekam, war nicht ohne Komik. Zumindest entsprach es meinem etwas verkommenen Sinn für Humor.

Das Wichtigste war, dass die Summe in Euro oder Dollar gezahlt wurde, sagte Savaş, bloß keine Lira. Mit der Lira könne keiner mehr etwas anfangen. Auf dem Weg vom Geldautomaten zum Supermarkt verliere sie schon an Wert. Dieses Land ist am Ende.

»Türkiye is fucked up«, meinte er und ließ sich auf eine Bank fallen.

*Alles importieren müssen, nichts mehr hier, nicht mal Tee, unser
Tee kommt aus Indien.*

Als ich mich neben ihn setzte, holte Savaş aus seinem Rucksack eine Landkarte hervor und breitete sie zwischen uns aus. Er empfahl die Strecke über Kütahya, markierte verschiedene Stellen zwischen Istanbul und Kaş, strich einzelne Straßenabschnitte durch.

»Checkpoint«, sagte er, und ich fragte mich, wie man da mit dem Auto ungesehen durchkommen sollte. Es waren über achthundert Kilometer quer durchs Land. Andererseits, hatte man die Zwanzig-Millionen-Metropole Istanbul erst einmal verlassen, wurde es ungefährlicher. In der Stadt konnte man sogar an einem Metroausgang nach seinem Ausweis gefragt werden. Die Kontrollen tauchten überall auf, und nie wusste man, wo. Ich hatte von türkischen Journalisten, Ärzten, Anwältinnen gehört, die untergetaucht waren, auf dem Sofa von Freunden saßen und dabei versuchten, ihnen nicht zur Last zu fallen. Sie kochten, putzten, und irgendwann hörten alle auf, sich darüber zu wundern, dass aus Tagen Wochen und Monate, schließlich Jahre wurden.

Savaş faltete die Karte zusammen, kritzelte Datum und Uhrzeit vorn darauf und gab sie mir.

Er zeigte auf die Jachten, die am Steg uns gegenüber ankerten.

»My boat.«

Danach sagte Savaş nicht mehr viel. Er war einer dieser schönen Männer, deren Attraktivität sich noch dadurch steigerte, dass sie traurig gen Horizont blickten. Er bot mir eine Zigarette an, und wortlos rauchten wir.

»Good luck«, meinte er schließlich und drückte die Zigarette auf dem Boden aus.

Er verschwand zu seinem Boot, ohne sich noch einmal umzudrehen.

34

Ich rannte die Stufen hoch und klopfte an seine Tür. Leise erst, schließlich immer lauter. Die plötzliche Furcht, zu spät zu kommen, die Sorge, er könnte schon auf der Wache sitzen und zu all den Vorwürfen nur noch schweigen. Schon nicht mehr als Journalist, sondern als Terrorist die Nacht in einer Zelle verbracht haben. Ich klopfte erneut und war mir sicher, er hätte nicht hinter sich abgeschlossen. Man schloss nicht ab, wenn man wusste, dass man nicht mehr zurückkehrte. In einem solchen Fall ließ man den Schlüssel außen stecken. Endlich glaubte ich Geräusche in der Wohnung zu hören, schwache, müde Schritte. Schließlich öffnete David verschlafen die Tür und blickte mich mit unsicherer, zweifelnder Freude an.

»Wie spät ist es?«, fragte er mich.

Ich sah auf meine Uhr.

»Halb sechs«, sagte ich.

Als die Verwunderung nicht aus seinem Gesicht verschwand, fügte ich hinzu: »Nachmittags.«

Er nickte und ließ mich herein.

»Ich weiß auch nicht«, sagte er. »Angst erschöpft mich. Seit Tagen schlafe ich immer wieder ein, als würde ich umfallen. So kann man doch nicht leben. Wenn man immer Angst hat, kann man nicht leben.«

»Pack deine Sachen.«

»Ist das deine Art, zu sagen: Wir haben alles versucht?«, fragte David.

»Nein, das ist meine Art, zu sagen: Pack deine Sachen. Und zwar nur die wichtigsten.«

»Wo fahren wir hin?«, fragte er voller Skepsis.

»Zu mir«, versuchte ich, ihn zu beruhigen.

»Also ins Konsulat?«

»Die Adresse ist dieselbe, das ließ sich leider nicht ändern. Sicherheitsgründe. Aber immerhin habe ich einen eigenen Eingang«, sagte ich.

»Klingt ein bisschen so, als würdest du noch bei deinen Eltern wohnen«, stellte David fest.

»Tja, ich bin ein Kind meines Landes.«

Ich wartete in der verrauchten Küche, während er seine wenigen Sachen zusammensuchte. Nichts rührte ich an, nicht die schmutzige Kaffeetasse, das Weinglas, nicht die fauligen Tomaten und die trockenen Oliven. Hier wurde nicht aufgeräumt, hier wurden Spuren hinterlassen, die nur bedeuteten, dass einer verschwunden war, aber nicht wohin und für wie lange.

Wir verließen die Wohnung, schlossen nicht ab, und als wir unten ankamen, starrte David mich an.

»Was ist das für ein Auto?«, wollte er wissen.

»Mercedes, S-Klasse.«

»Ich meine, ist das deins?«

»Keine Sorge. Alles nur geliehen.«

Bei der Vermietung am Istanbuler Flughafen hatte ich mich

für die feudalste Variante entschieden. Wenigstens der Wagen sollte komfortabel sein, wenn es schon die Stimmung nicht sein würde. Ich wollte in einem gottverdammten Edelpanzer zur Grenze fahren. Außerdem war ich der festen Überzeugung, dass sie die Luxuskarossen seltener aus dem Verkehr zogen. Ob ich damit recht behielt, würde sich zeigen.

»Leg dich hinten auf die Rückbank«, sagte ich, und David tat es ohne jeden Widerspruch, zog die Beine an, lag dort wie ein angeschossenes Reh. Lautlos schloss ich die Tür und setzte mich hinters Steuer.

»Warst du schwimmen?«, fragte er unvermittelt.

»Wieso?«

»Hier hinten baumelt ein Badeanzug.«

»Okay, ja, ich war schwimmen.«

»Im Bosporus?«

»Nein, im Mittelmeer«, sagte ich.

»Du machst Witze.«

»Ich bin gerade erst wiedergekommen. Vor einer Stunde gelandet.«

»Im Badeanzug?«

»Herrgott!«

Ich startete mit einem Knopfdruck den Motor. Verschiedene Displays leuchteten vor mir auf.

»Meine Güte, kannst du diesen Wagen bedienen?«

»Zu viele Fragen, David. Viel zu viele unnütze Fragen.«

»Du entführst gerade einen Journalisten. Was hast du erwartet?«

»Ich entführe dich nicht, ich bringe dich in Sicherheit«, sagte ich. »Und übermorgen bist du in Griechenland.«

»Illegal?«

Ich nickte, der Wagen rollte die Auffahrt hinunter, und mit einem Lächeln verabschiedete ich mich von dem Sicherheitsmann, der das Tor für uns öffnete.

»Der hat mich doch gesehen«, hörte ich David leise von hinten.

»Spielt keine Rolle«, sagte ich. »Ich weiß allerdings nicht, ob das Gebäude vom Geheimdienst überwacht wird. Möglich, dass die hier draußen rumlungern und uns bis zum Konsulat folgen. Ausschließen würde ich das nicht.«

»Beruhigend. Das ist alles sehr beruhigend, Eure Exzellenz.«

Das waren die letzten Worte, die ich für die Dauer der Fahrt von ihm hören sollte. Ich zirkelte den Wagen durch den Bezirk Beyoğlu, doch meine Aufmerksamkeit galt mehr dem Rückspiegel als dem Gewühl in den Gassen. Als wir hinter dem Taksim-Platz, der wie üblich voller Polizisten war, auf die Straße zum Konsulat einbogen, war ich mir fast sicher, dass uns niemand folgte.

Wir fuhren durch die Sicherheitsschleuse, vom Wachpersonal nur ein Nicken, die Büros waren schon verlassen, die Visa-Stelle war geschlossen, es gab keine Konferenzen und keine Veranstaltungen, das Gebäude lag friedlich da an diesem frühen Montagabend. Ich parkte den Wagen am Seiteneingang und stellte mir vor, dass ich nichts als einen Liebhaber hineinschmuggeln würde. Nur ein kleines bisschen Privatleben, nur ein winziges Geheimnis für die Nacht.

David richtete seinen Körper auf, der zu groß für jede Rückbank war.

»Nach Griechenland würde ich gern aufrecht fahren«, stöhnte er.

Das würde er, versprach ich ihm, während wir nach oben in meine Residenz schlichen.

»Du wirst dieses Land aufrecht verlassen«, sagte ich. »Aber wie dir das gelungen ist und wer dir dabei geholfen hat, das wird niemals jemand erfahren.«

Denn das war die zweite Sorge. Erstens musste es funktionieren, und zweitens würden alle darüber schweigen müssen. Zumindest solange ich noch im Amt war.

»Danke«, sagte er und ging zu den Fenstern, wie es jeder tat, der diese Räume betrat.

Es war sein letzter Blick auf den Sonnenuntergang über Istanbul, über die ganze herzerschütternde Schönheit. So schnell würde er nicht wiederkommen, vielleicht würde David diese Stadt niemals wiedersehen.

»Im Kühlschrank steht Bier«, sagte ich. »Ich muss noch mal kurz weg.«

35

Barış stand am Herd, frisch rasiert und unter der Schürze ein gebügeltes Hemd, häutete Tomaten, warf Zwiebeln in die Pfanne und fragte, ob ich mitessen wolle. Es gäbe Menemen.

»Bei uns gibt es immer Frühstück«, sagte Meral. »Dreimal am Tag. Als würden wir permanent aufstehen und neu anfangen.«

»Ich will es halt perfekt hinkriegen«, sagte Barış.

»Meiner Meinung nach kann ein türkisches Rührei nicht perfekter sein. Sie sollten es probieren, Frau Konsulin.«

»Ich bin leider noch zum Essen verabredet«, entschuldigte ich mich.

»Auch gut«, sagte Meral, zündete sich eine Zigarette an und blies den Rauch aus dem kleinen Küchenfenster. Seit sie aus der Haft entlassen worden war, wohnten sie in dieser dreckigen Zweizimmerwohnung direkt hinter dem Galataturm, die einem Bekannten gehörte, der sich seit Monaten in der Welt herumtrieb, wie sie sagte.

»Seit wann rauchen Sie?«, fragte ich.

»Seit ich nichts anderes mehr zu tun habe«, war ihre Antwort.

Hinter ihrer Erschöpfung schien langsam der Zynismus zu erwachen. Soweit ich das einschätzen konnte, eine unerfreuliche Mischung für alle Beteiligten.

»Wann müssen Sie sich für gewöhnlich auf der Wache melden, Meral?«

»Ach, stimmt, ich habe ja doch etwas zu tun. Jeden Montag. Ich war heute Morgen da. Eigentlich recht freundliche Polizisten. Falls es so etwas hier geben kann.«

»Und Barış?«

»Donnerstags«, sagte er.

»Sie haben es so gelegt, dass wir gemeinsam nicht länger als drei Tage die Stadt verlassen können«, erklärte Meral.

»Das reicht«, meinte ich.

»Für was, ist die Frage. Für welches Leben reichen denn drei Tage?«

Sie atmete den Rauch aus dem Fenster, blickte in den Himmel, und ich begann, in knappen Sätzen zu erzählen, nannte es eine Möglichkeit und sprach von dem Risiko. Ich warnte eindringlich, ausdrücklich, wenn es schiefginge, wäre es für sie beide schlimmer als vorher. Und hoffte doch, dass sie mit mir kommen würden, denn dieses Warten, diese endlose Ungewissheit war nicht mehr als ein Dahinsiechen.

Merals Augen öffneten sich.

»Kennen Sie den Kapitän?«, fragte sie mich.

»Es ist ein kleines Boot, Meral.«

»Ein Schlauchboot?«, fragte sie ängstlich.

»Nein, eine Motorjacht.«

Die beiden nickten zögerlich. Es war ihnen anzusehen, wie sie versuchten, die Bilder wieder loszuwerden, die wir alle bei Mittelmeer und Schlauchbooten in unsere Köpfe bekamen.

»Er ist der Neffe einer guten Freundin«, sagte ich. »Ich habe ihn am Wochenende getroffen.«

»So ist es in der Türkei immer, alles voller Neffen. Und wenn es kein Neffe ist, dann ist es ein Cousin. Als wären hier alle eine große Familie.«

Sie lächelte zum ersten Mal.

»Aber einem Neffen, mit dem ich nicht verwandt bin, könnte ich wohl trauen. Zumindest wenn Sie es tun.«

Barış gab die Tomaten in die Pfanne, bevor er sich zu Meral und mir umdrehte.

»Das ist sehr nett von Ihnen, dass Sie uns helfen wollen, aber wir haben kein Geld, überhaupt keines mehr. Wir haben noch nicht einmal unsere Anwältin bezahlt.«

»Machen Sie sich darum keine Sorgen.«

»Wir können das nicht annehmen, Frau Konsulin«, beharrte er.

»Ich fürchte, Ihnen bleibt nichts anderes übrig, Barış.«

»Vielleicht habe ich ihn etwas zu anständig erzogen«, bemerkte Meral und schloss das Fenster, während Barış stumm die Eier aufschlug.

»Wann geht es los?«, fragte sie.

»Morgen früh«, sagte ich, und wir verabredeten uns für sieben Uhr an der Metrostation Levent.

»An der Kreuzung, vorm Café Mado«, fügte ich hinzu. »Eine schwarze S-Klasse.«

»Sind Sie im Auftrag Ihrer Regierung unterwegs?«, fragte sie mit einem leicht schelmischen Grinsen.

Als ich sie ohne eine Reaktion ansah und das Antwort genug war, nickte sie.

»Jetzt könnte ich aber wirklich ein Frühstück gebrauchen«, rief sie Barış zu und brachte mich zur Tür.

36

Ich betrat den Flur, sah David auf mich zukommen, und nichts daran erschien mir ungewöhnlich. Dass hier plötzlich jemand auf mich wartete, dass da einer war, der zwei Gläser auf den Tisch gestellt hatte und barfuß durch meine Wohnung ging. Einer, der sagte: »Da bist du ja endlich«, und mich umarmte. David hatte keine Fragen, er wollte offenbar nicht einmal reden, hielt mich bloß fest, mit einer solch unbekümmerten Selbstverständlichkeit, dass ich vergaß, über irgendetwas nachzudenken. Wir standen da und ließen einander nicht mehr los. Lange, viel zu lange, bis wir uns in dieser Umarmung allmählich verloren, sich ein Verlangen daruntermischte. Ich merkte, wie ich aufgab, den Widerstand, die Vernunft, das Interesse daran, mich zu wehren. Ich schob David in Richtung meines Schlafzimmers, vielleicht zog auch er mich, unsere Bewegungen waren nicht mehr voneinander zu trennen.

Das war das, was ich konnte. Jemanden lieben bei letzter Gelegenheit. Wenn ich wusste, wir würden am nächsten Tag aus dem Leben des anderen verschwinden und nichts würde Folgen haben. Die Lust war ohne Konsequenz, und auf dem Bett lagen heute keine Herzen. Je nackter wir wurden, desto mehr freute ich mich auf ihn. Eine fast alberne Vorfreude auf das, was mich erwartete.

»Moment«, sagte ich noch und ging zum Fenster, um es zu schließen. Nicht dass die Security am Ende etwas missverstand und ins Zimmer stürzte, um mich vor mir selbst zu retten. Wir fielen auf das Bett und waren zwei Körper, die sich gefunden hatten. Die sich schon kannten, nur ein Leben lang ohneeinander auskommen mussten. Überraschend, dachte ich, wirklich überraschend. Danach war es mit dem Denken vorbei.

37

Außer dem Sicherheitspersonal war so früh noch niemand auf dem Gelände. David und ich stiegen wortlos in den Wagen ein, wo ich ein paar Sekunden lang nur das Lenkrad anstarren konnte.

Man darf das Auto nicht selbst fahren. Niemals selbst fahren, hörte ich Christophs Worte in meinem Kopf. Aber wer zur Hölle sollte sonst fahren? Elif etwa? Ich hatte einerseits zu viele Skrupel und andererseits zu wenig Vertrauen. Ich konnte nicht irgendeinen Ahnungslosen ans Steuer lassen, der für ein paar Lira mal eben an das Ägäische Meer bretterte. Und ich wollte nicht, dass noch mehr Menschen von dieser Sache wussten. Ich fuhr mit ein paar Freunden an den Strand, das war alles. Wir passierten auf dem Weg dorthin keine einzige Grenze. Wir fuhren nur an die Küste.

Ich drückte den Knopf, die Displays leuchteten auf.

Und dann klatschte etwas mit einem lauten Knall an das Rückfenster. David und ich schrien auf, sahen uns erschrocken an, bevor wir es wagten, nach hinten zu blicken. Langsam drehten wir die Köpfe, und hinter dem Wagen stand eine winkende Asena. Ich ließ das Seitenfenster herunterfahren.

»Asena, was machen Sie hier?«

Sie lachte uns an. »Kennen Sie das nicht, Madam? Alte Tradition. Wir schütten Wasser auf das Auto, wenn wir eine gute Fahrt wünschen. Kommen Sie heil an!«

»Danke, Asena.«

»Und grüßen Sie Savaş. Er ist ein guter Neffe, der beste der Welt.«

Durch das Fenster reichte sie mir eine Flasche von ihrem Granatapfelsaft.

»Es ist ein langer Weg, Madam. Ein sehr langer Weg.«

»Und trotzdem bin ich morgen wieder da«, versprach ich ihr.

Sie winkte und verschwand im Dienstboteneingang.

»Interessant«, fand David das. »Äußerst interessant sogar.«

Wir rollten den Kiesweg zum Tor hinunter.

»Runter!«, befahl ich ihm und hörte ihn von unten schimpfen.

»Aufrecht, hattest du mir versprochen. Aufrecht!«

Ich nickte den Sicherheitsmännern beim Rausfahren zu, nickte noch, als das Tor sich hinter uns schon wieder schloss und ich auf die Straße zum Taksim-Platz einbog.

»Jetzt«, flüsterte ich in Richtung des Fußraumes.

David hievte sich stöhnend auf den Sitz zurück, und wir brachen in ein so absurdes wie hilfloses Lachen aus.

Schweigend saßen wir gegenüber der Metrostation. Wir warteten seit zehn Minuten, beobachteten die Menschen, die aus dem Ausgang eilten, die Autos, die an unserem vorbeifuhren, den Angestellten, der das Café aufschloss. Alles erschien uns verdächtig, das ganz normale Leben an einem Dienstagmorgen nichts als eine Inszenierung. Seit Wochen war David nicht draußen gewesen, niemand hatte ihn gesehen und er die Welt nicht, nur die Wände der Gästewohnung hatte er angestarrt, bis er sich nicht mehr sicher war, ob dieses ungewisse Warten wirklich besser war als eine Zelle. Die wäre zumindest eine Entscheidung gewesen. Philipp hatte das alles mit ihm besprochen, heute Mittag wollte er ihn abholen. Wenn wir längst auf dem Weg gen Süden waren.

»Wo bleiben die bloß?«

»Vielleicht haben sie es sich anders überlegt«, meinte David.

»Wir warten noch fünf Minuten.«

Ich ließ den Ausgang der Station nicht aus dem Blick, verbot mir das Nachdenken über mögliche Gründe. Unfall, Geheimpolizei, Verrat, alles war möglich und nichts. Verlaufen, versackt, verschlafen.

Plötzlich hielt ein Taxi hinter uns, und im Rückspiegel sah ich Barış aus dem Wagen steigen, in der einen Hand eine Reisetasche, in der anderen einen Turm aus Alufolie.

Während Meral zahlte, lief er einmal um unseren Wagen herum und grinste uns durch die Windschutzscheibe an. Ich stieg aus und half ihm beim Verstauen des Gepäcks.

»Was ist das alles?«, fragte ich.

»Entschuldigung«, sagte er. »Menemen. Wir wussten nicht, wohin mit den ganzen Eiern. Und dann habe ich noch Börek gemacht.«

Meral kam kopfschüttelnd zu uns.

»Von mir hat er das nicht! Die halbe Nacht hat er gekocht.«

»Ich konnte nicht schlafen.«

»Verhungern werden wir jedenfalls nicht«, stellte Meral nüchtern fest, und ich legte ihre auffallend leichte Reisetasche in den Kofferraum. Ihr Herz schien nicht an Dingen zu hängen.

Wir stiegen ein, die Türen schlossen mit einem dumpfen Geräusch, und von der Stadt hörten wir nichts mehr.

Unsere angespannten Körper in der matten, weichen Stille.

Ich startete den Motor.

38

Es roch nach Tomaten, Schafskäse, Blätterteig und jeder Menge
Olivenöl. Der Geruch stand im grotesken Gegensatz zu dem
Auto, zum Ziel der Reise, zu unserer Angst. Zumindest konnte
so niemand meinen Schweiß riechen, dachte ich. Mein Rücken
war nass, die Hände auch. Ich wusste nicht, ob es das Klimak-
terium war oder die Panik, konnte mich nicht erinnern, jemals
so geschwitzt zu haben, nicht in einem klimatisierten Wagen.
Davon abgesehen war ich ganz ruhig. Mein Atem, meine Bewegungen, meine Gedanken. Nichts war in Aufruhr, alles war
Konzentration.

Wir hatten bereits über die Hälfte der Strecke geschafft.
Sechzig Minuten schneller als die Berechnung des Navis. Wir
waren gut in der Zeit, wir glitten durch dieses Land, das am
Ende des Sommers nur noch karg und verwelkt wirkte, vollkommen ausgedorrt. Eine harte, widerspenstige Landschaft,
die Straßen kaum befahren, auf der Windschutzscheibe sam-
melte sich der Staub. Ich sah zu David hinüber, und in seinem
Lächeln war eine so traurige Hilflosigkeit, dass ich schnell wieder auf die Straße blickte.

Meral war auf der Rückbank eingeschlafen, Barış hatte eine

Hand auf ihr Knie gelegt. Sie wirkten wie ein altes Paar, müde und ergeben.

Ich hatte ihnen nicht gesagt, dass ihr Mitfahrer zur Fahndung ausgeschrieben war. Dass er auf diesem Teil der Strecke das einzige handfeste Problem war. Ein gottverfluchtes Risiko in einem ungewaschenen Polohemd. Sie kannten nur seinen Vornamen und wollten mehr nicht wissen, hatten miteinander nur über türkisches Essen gesprochen und sonst nichts. Barış hatte von diesen und jenen Rezepten geschwärmt und David so getan, als würde er sie zu Hause, in jenem fernen Zuhause, tatsächlich ausprobieren wollen. Auch wenn niemand es erwähnt hatte, so schienen sich doch alle einig zu sein: Je weniger man wusste, desto weniger konnte man verraten. Schweigen war die Basis von Vertrauen.

Wir waren fast sechshundert Kilometer gefahren, als ich am Horizont ein weißes Zelt erblickte. Ich erkannte, wie sie die wenigen Autos vor uns rauswinkten, und zwar jedes. Polizeiwagen blockierten die rechte Fahrspur, am Straßenrand waren zwei, drei kleine Campingtische aufgebaut, an denen Polizisten vor Laptops saßen.

Wir wurden langsamer, rollten auf diese Szene zu wie auf einen Abgrund.

Seit Tagen hatte ich über diesen Moment nachgedacht, hatte ihn mir so oft vorgestellt, dass mir die Realität jetzt fast abgestanden erschien. Es sah aus wie ein Picknick, neben den Beamten standen Wasserflaschen und Teebecher, eine Packung Kekse, eine Schachtel Zigaretten.

Für uns gab es zwei Möglichkeiten und eine dritte.

Wir konnten behaupten, Davids Ausweis sei gestohlen worden, heute Morgen erst, das ganze Portemonnaie, als wir nur kurz frühstücken waren, hundert Kilometer hinter Istanbul. Doch das würde Fragen nach sich ziehen, jede Menge Fragen, in deren Antworten man sich leicht verheddern konnte. Möglicherweise würden sie anbieten, dass wir direkt hier Anzeige erstatteten, denn die wäre nötig, ansonsten konnte David keine neuen Papiere beantragen. Vielleicht würden sie versuchen, uns zu helfen, und das wäre das Schlimmste.

Die andere Möglichkeit war, auf die Macht des deutschen Passes zu setzen. Ein Dokument, das im besten Falle blind machte. Zu dem ein Polizist nur nickte, ohne jede Prüfung.

Außer diesen beiden Möglichkeiten gab es noch eine weitere, eine allerletzte Eventualität: das Scheitern. Das Scannen des Passes, das Abfragen der Daten und Davids sofortige Inhaftierung.

Ich hörte, wie er neben mir versuchte, ruhig, ganz ruhig zu atmen. Auf der Rückbank wurde Meral wach, und wir kamen zum Halten.

Der Polizist blickte uns durch die dreckige Windschutzscheibe an, ein müdes, etwa dreißigjähriges Gesicht. Er sah übellaunig aus und vollkommen teilnahmslos. Als ich die Scheibe heruntergefahren hatte und er mir den Kopf zuneigte, roch ich seine Fahne.

»Pasaportlar«, sagte er nur.

Von hinten drückte mir Barış die Pässe in die Hand, und auch David gab mir seinen, wobei er es vermied, mich anzusehen. Wir hatten Angst vor unseren eigenen Blicken.

Meinen Diplomatenpass legte ich obenauf und reichte den Packen hinaus, ohne ein Lächeln, ohne ein Zucken, mit

derselben Gleichgültigkeit, die der Beamte uns entgegen-
brachte.

Als Ersten klappte er meinen auf, sah auf das Foto, sah auf
mich, verglich mein Gesicht noch einmal mit dem Bild und
klappte den Pass zu, schlug den nächsten auf.

»Almanya, eh?«, fragte er in die Stille des Wagens hinein.

Wir nickten, wie die Schafe. Und er bewegte sich nicht. Er
ging mit den Pässen nicht zu seinen Kollegen, er reichte sie an
niemanden weiter, er verlangte bloß, dass wir die Seitenfenster
öffneten, ging um den Wagen herum, kontrollierte Fotos und
Gesichter und ließ sich Zeit dabei. Er tat es akribisch. Sonst tat
er nichts.

Schließlich gab er mir die Pässe wieder und schickte unseren
Wagen mit einer gelangweilten Handbewegung zurück auf die
Straße, als wären wir ihm lästig.

Ich musste mich beherrschen, nicht mit Vollgas davonzu-
brettern, keinen Jubel von mir zu geben, und hatte im Kopf nur
einen Gedanken, den ich viel zu lange nicht gehabt hatte: geiler
Job!

Als ich David seinen Pass reichte, drückte er meine Hand,
unsere schweißnassen Hände lagen ineinander und hielten sich
fest, bis das Klingeln meines Telefons sie trennte. Auf dem Display las ich Philipps Namen, ich stellte den Ton auf lautlos, ließ
es leuchten und konnte nicht anders, als zu lächeln.

39

Am späten Nachmittag lag das Meer vor uns.

Wir fuhren die Straße nach Kaş hinunter, und ich hielt an einem kleinen Parkplatz an. Nicht mehr als eine Haltebucht, in der man stoppte, um ein paar Fotos von dem Panorama zu schießen. Wir stiegen aus und genossen die Aussicht nicht, betrachteten sie bloß. Angst im Leib konnte jede Schönheit ruinieren. Statt Fotos gab es Zigarillos, rauchend standen wir nebeneinander und beobachteten die Küste. Die Vegetation war dornig, der Himmel diesig, das Wasser ruhig, als würde ein Filter über diesem Ausblick liegen, der alles Lebendige herauszog. In der Luft waren nicht einmal Vögel. Es war eine Kulisse in ausgewaschenen Farben, das Meer nicht blau, sondern grau.

Ich zeigte auf das winzige Eiland, das aus dem Wasser aufragte. Von hier oben sah es noch näher aus. Der östlichste Außenposten Griechenlands, die Grenze zur Türkei, sie bestand aus nicht sichtbaren Koordinaten, erkennbar einzig an der Präsenz der Küstenwache.

»Meis«, sagte ich, und die anderen nickten.

Schweigend zogen wir an unseren Zigarillos, bis David die Bodenschätze erwähnte, die Gasvorkommen, nach denen beide Länder hier suchten. Er nannte das Meer an dieser Stelle abenteuerlich und sagte: »Was oben schwimmt, will niemand, und was unten liegt, wollen alle.«

Wir stiegen wieder in den Wagen und fuhren zur Marina.

Er wartete schon in der Weinbar. Vielleicht war er noch nervöser als wir, dachte ich, die wir schon eine halbe Stunde zu früh hier auftauchten. Doch Savaş saß seelenruhig vor einem halb vollen Glas Bier und zwinkerte mir zu, als er mich erkannte. Wir gaben einander die Hand, er begrüßte die anderen, weder freundlich noch ablehnend, sondern einfach nur professionell. Nichts war ihm anzumerken, keine einzige Emotion. Auf Türkisch fragte er etwas, das Meral sofort bejahte.

»Ob wir auch noch ein Bier wollen, bevor es losgeht?«

David nickte sofort, aber Barış verneinte. Er sah blass aus, als machte ihn allein der Anblick von Booten schon seekrank, er wollte nicht mal ein Wasser trinken. Ich bestellte mir einen Kaffee, und dann saßen wir da. Menschen, die sich nicht kennenlernen wollten, die nicht wussten, worüber man in einer solchen Situation sprechen sollte, die nur darauf warteten, dass es losging.

»All good«, war alles, was Savaş sagte, und das war auch alles, was wir hören wollten.

Schließlich legte er einen Schein auf den Tisch, schob ihn unter den Aschenbecher, lud uns ein von dem Geld, das er an uns verdiente, und stand auf.

»Let's go!«

Draußen herrschte kaum Betrieb an diesem frühen Abend, und wenn uns doch jemand entgegenkam, vermieden wir jeden

Blickkontakt, als würde uns das unsichtbar machen. Savaş eilte zielstrebig an den Booten vorbei, und ich war mir sicher, dass wir ein zweifelhaftes Bild abgaben. Uns fehlte die Unbeküm-mertheit, die Leichtigkeit, der Spaß. Wir waren keine Men-schen, die sich um nichts Sorgen machen mussten. Wir waren nicht zum Vergnügen hier, und nichts war an einem solchen Ort verdächtiger. Allerdings wusste ich auch, wie wenig sich Menschen für andere Menschen interessierten. Es war ver-dammt schwer, anderen in Erinnerung zu bleiben.

Wir gingen auf einen Steg zu, der mit einem etwa zwei Meter hohen Gittertor gesichert war. Savaş gab am Schloss eine Code-nummer ein, und wir gingen hinter ihm her, vorbei an luxuriö-sen Motor- und Segeljachten, die links und rechts von uns an-kerten, bis ans Ende des Steges. Es war alles so sauber, dass es fast unnatürlich wirkte. Als würde vor uns kein Meer liegen, sondern ein chlorgereinigter Pool. Seine Jacht war die kleinste, im Vergleich fast schäbig, aber es schien die Einzige zu sein, die wirklich benutzt wurde. Dreckige Handtücher lagen herum, ein überquellender Aschenbecher stand auf einem winzigen Tisch. Savaş sprang auf Deck und reichte Meral seine Hand. Unsicher blickte sie auf das Boot, auf ihn, bevor sie sich fragend zu mir umwandte. Ich nickte, aufmunternd, als wüsste ich, was hier passierte, als hätte ich das alles unter Kontrolle. Ich lächelte schmal. Schließlich reichte sie Savaş ihre kleine Tasche und ließ sich von ihm hinüberhelfen. Barış sprang mit einer Vehemenz hinterher, als versuchte er, seinen eigenen Zweifeln zu entkom-men. Savaş fing ihn auf. *Barış* und *Savaş*. Der Krieg brachte jetzt den Frieden aus dem Land, musste ich denken und kämpfte gegen das Bedürfnis, bei ihnen zu bleiben, sie sicher auf der anderen Seite abzusetzen. Im Notfall aber konnte ich mehr für sie tun, wenn ich hierblieb.

David stellte seine Tasche ab, um mich zu umarmen. Es war eine lange, feste Umarmung, der Abschied von einer Geschichte. Wir waren ein Zufall, den wir nur schwer loslassen konnten, ich wusste nicht einmal, ob es ein glücklicher oder unglücklicher war. In seinen Armen fühlte ich mich plötzlich einsam. Savaş ließ den Motor an.

»Ruf mich an, sobald ihr drüben seid.«

»Mach ich. Ich rufe an. Von wo auch immer«, sagte David und stolperte auf die schwankende Jacht.

Winkend blieb ich am Steg zurück.

Mir war schlecht vor Angst.

40

Der Himmel war diesig, irgendwo am Horizont ging die Sonne unter, ich sah sie nicht, sah bloß das Licht verschwinden. Das Café schaltete die Lampen an, ich nippte an einem Glas Macallan, den ich fast schon aus Trotz bestellt hatte, und fühlte mich erschöpft wie lange nicht. Die Fahrt hierher schien Tage her zu sein, war schon aus der Erinnerung verschwunden. Ich starrte auf das Handy, das vor mir auf dem Tisch lag, nahm es wieder in die Hand, als ließe sich durch diese Geste Kontakt herstellen.

Doch es gab nur zehn verpasste Anrufe von Philipp und eine Nachricht, abgeschickt vor ein paar Stunden.

Wo zur Hölle bist du?

Ich tippte: *Du hattest recht, ich brauchte wirklich mal Urlaub. Ist herrlich hier. Liebe Grüße vom Meer!*

Und wo ist David?

?

Erzähl mir nicht, dass du das nicht weißt.

Was ist passiert?

Ich wusste wirklich nicht, wo er jetzt war. Sie waren vor fünfzig Minuten losgefahren, mussten also längst angekommen

sein, gegenüber in der EU. Ich sah die Umrisse der Insel zäh-
flüssig in der Dämmerung verschwinden.

Das Telefon klingelte.

»Hallo, Philipp«, sagte ich. Und als er anfing, wie ein wild
gewordener Botschafter zu schimpfen, rief ich: »Hallo?! Philipp? Hallo?«

Ich hörte jedes Wort und schrie: »Ich kann dich nicht hören! Philipp? Ich habe hier keinen Empfang!«

Dann legte ich auf, ließ seine folgenden drei Versuche un-
beantwortet. Das Handy schwieg wieder, war still, viel zu still.

Ich fragte den Kellner nach Zigaretten, und er schenkte mir
drei Stück aus seiner Schachtel, gab mir Feuer, verschwand mit
dem typischen Zwinkern.

Keine Nachricht kam.

Immer noch keine.

Und immer noch nicht.

Ich wählte Davids Nummer, ich wählte Merals Nummer. Ich
rief Savaş an. Kein einziges Klingeln war zu hören, alle Handys
waren aus. Als wären sie zusammen ins Theater gegangen. An
der Glut brannte ich mir die nächste Zigarette an. Fünfzehn
Jahre Nichtraucherdasein lösten sich in Rauch auf. Mit zusam-
mengekniffenen Augen blickte ich zum Horizont und sah kein
Griechenland mehr.

Eine unbekannte Nummer rief an. *Anonym* stand auf dem
Display. Ich fixierte dieses Wort, unentschieden zwischen
Angst und Neugier, ich erwartete das Schlimmste. Und das
Schlimmste kam, allerdings anders als gedacht.

»Frau Andermann?«, fragte die Stimme eines Mannes.

»Ja?«

Sehr weit entfernt sah ich ein kleines Boot auf dem Meer auftauchen.

»Friederike Andermann?«

»Am Apparat.«

Es wurde still am anderen Ende, jemand schien Luft holen zu müssen. Es war das Boot von Savaş, da war ich mir fast sicher, allerdings war es zu weit entfernt, als dass ich hätte erkennen können, wie viele Menschen sich darauf befanden oder ob er allein war.

»Ich rufe an wegen Ihrer Mutter.«

»Was?«, fragte ich und war so verwirrt, dass ich im ersten Moment das Wort Mutter nicht einordnen konnte.

»Ich bin ihr Nachbar, wir haben uns einmal kurz gesehen, am Bildschirm.«

»Was ist mit ihr?«

»Ihre Mutter wurde gerade mit dem Notarzt ins Krankenhaus gebracht.«

»Was ist passiert?«, fragte ich so tonlos, dass ich mir nicht mal sicher war, ob er mich hören konnte.

»Wo sind Sie gerade?«

»Am Mittelmeer.«

»Es tut mir leid, aber ich glaube, es wäre gut, wenn Sie sofort hierherkommen könnten.«

Ich brannte mir die dritte und letzte Zigarette an.

HAMBURG

1

Ich saß an ihrem Bett seit einem Tag und einer Nacht. Meine Mutter schlief, als hätte sie nicht vor, jemals wieder aufzuwachen. Sie sei sehr müde, hatte man mir gesagt.

Auch vorgestern war sie offenbar sehr müde gewesen, hatte sich nachmittags hingelegt und war erst in den Armen eines Feuerwehrmannes wieder zu sich gekommen. Auf dem Herd brannten die Kartoffeln, hatte der Nachbar mir erzählt. In ihrer Wohnung sei der Rauchmelder losgegangen, und sie hätte die Tür nicht geöffnet. Dass man von diesem Lärm nicht wach werde, sei eigentlich unmöglich, hatte er gemeint, aber vielleicht sei sie da auch schon bewusstlos gewesen. Er glaube nicht, dass sie noch in der Lage sei, allein zu leben, es tue ihm leid, mir das sagen zu müssen.

Meine Mutter, die immer allein gelebt hatte, die ein Kind allein großgezogen und nebenbei fünfzig Stunden in der Woche in der Bodega am Hauptbahnhof gearbeitet hatte. Da wäre ich auch müde. Ich drückte ihre kleine Hand, alles an ihr war so klein geworden.

Auf dem Sofa in der Küche habe sie gelegen, umgeben von Qualm. Es sei nicht das erste Mal passiert, das mit dem Rauchmelder, hatte der Nachbar gesagt. Auch einen Wasserschaden hatte es schon gegeben, und zweimal in diesem Jahr hatte sie sich ausgeschlossen. Er habe ihr angeboten, einen Ersatzschlüssel bei sich aufzubewahren, für den Notfall, aber da sei sie geradezu pampig geworden und habe gesagt, von solchen Notfällen halte sie rein gar nichts.

Ich spürte ein schwaches Drücken, ihre Finger bewegten sich, und vorsichtig, eigentlich mühsam öffnete sie ihre grauen, kurzsichtigen Augen und murmelte meinen Namen.

Ich goss ihr ein Glas Wasser ein, half ihr dabei, sich aufzusetzen. Sie ließ einen freudlosen Blick durch das Krankenzimmer schweifen, bevor sie einen winzigen Schluck trank und mich ansah.

»Du bist ganz schön alt geworden«, war das Erste, was sie sagte.

Ein beruhigender erster Satz. Sie erkannte mich noch, war offenbar bei vollem Verstand und hatte ihre Freude an Beleidigungen nicht verloren.

»Ich bin ja auch schon fünfzig«, sagte ich.

»Fünfzig schon. Unglaublich. Das waren meine besten Jahre.«

»Das sagst du immer, egal, wie alt ich bin.«

Mit einem winzigen, fast weisen Lächeln nickte sie.

»Na, wenn du so alt bist wie ich jetzt, werde ich dir das nicht mehr sagen können. Da gucke ich mir die Erdbeeren hoffentlich schon von unten an.«

»Wolltest du nicht eine Seebestattung?«

»Wie ausgerechnet du Diplomatin werden konntest, ist mir immer noch schleierhaft.«

Wenn es etwas gab, das ich nicht von ihr geerbt haben konnte, dann war es Taktgefühl. Damals hatten wir oft darüber gelacht, und als es ernst wurde, hatte ich es trainiert, mir manches Mal tatsächlich auf die Zunge beißen müssen und dabei lange das Gefühl gehabt, ein Erbe zu verraten, eine lang gepflegte Familientradition. Die ich, wie ich inzwischen wusste, nie wirklich losgeworden war, die ich nur allzu gern mit ihr wieder aufleben ließ. Es war wie der Besuch in einer fernen Heimat. Dann doch.

»Weißt du, was passiert ist?«, fragte ich.

»Natürlich«, sagte sie. »Mein Nachbar war gestern den ganzen Abend hier. Eigentlich dachte ich ja, der könnte was für dich sein.«

»Und?«

»Vergiss es. Ein solcher Kümmerer, da wird man verrückt. Und weiß alles besser.«

»Was passiert ist, meine ich.«

»Ach so. Das hat er dir doch bestimmt erzählt. Ich interessiere mich einfach nicht für Kartoffeln, das ist alles. Habe ich noch nie.«

»Er hat gesagt, dass es nicht das erste Mal war.«

Meine Mutter stöhnte leise. »Und eine Petze ist er auch.«

»Er meint es gut.«

»Das sind die Schlimmsten, Fred, die es gut meinen.«

Ich half ihr, den Becher an die Lippen zu heben, kippte ihn vorsichtig, damit das Wasser in ihren Mund laufen konnte. Das Trinken fiel ihr schwer, es klang, als würde sie Steine schlucken.

»Aber eines muss ich dir sagen«, fing sie an. Sie trank noch einen Tropfen. »Ich will nicht, dass du dich um mich kümmerst. Ich will nicht, dass du deinen Job aufgibst, um mir den Hintern abzuwischen. Verstehst du? Ich will, dass du dein Leben lebst.«

Sie sprach diese Worte langsam, und ich konnte sie mitsprechen, ich hörte sie seit über zehn Jahren. Es war das Einzige, was ich ihr immer wieder hatte versprechen müssen, dass ich mein Leben lebte, mehr noch, dass ich es genoss.

»Das sehen wir dann«, sagte ich, wie ich es jedes Mal sagte.

Sie nickte. Meine Mutter wusste besser als ich, dass dieses *dann* jetzt war, dass *dann* nicht länger in der Zukunft lag.

»Wo haben sie dich eigentlich hergeholt?«, fragte sie. »Istanbul?«

»Ich war gerade am Meer.«

»Am Meer, wie schön. Du hättest dableiben sollen.«

»Keine Sorge. Es war der perfekte Moment, um von dort zu verschwinden.«

»Vielleicht bin ich ja deswegen umgefallen. Damit du einen guten Grund hast, zu verschwinden. Eine Mutter spürt so was«, meinte sie, und ich bedankte mich leise.

»Ich bin so müde, Fred. Ich werde jeden Tag müder.«

»Ich komme morgen wieder«, versprach ich ihr.

»Nimmst du also Heimaturlaub«, sagte sie, lächelnd über dieses Wort, das sie immer so unsinnig gefunden hatte und so deutsch. Als würde man Urlaub von der Heimat machen, wie von der Front, hatte sie früher einmal gesagt. Sie schloss die Augen und schlief wieder ein.

2

Eine aufgebrochene Tür entriss der Wohnung ihre Seele. Es gab keinen Schutz mehr, keinen Rückzug, das Private war niedergetrampelt, durchwühlt, entwendet. Ob es die Feuerwehr gewesen war oder der Geheimdienst, es änderte nichts an meinem Gefühl. Ich stieß mit der Hand vorsichtig die Tür zu der Wohnung auf, die früher auch meine gewesen war, in deren Ecken immer noch Erinnerungen an Kindheit und Jugend hockten, und so fremd mir das alles erschien, so vertraut war mir das Chaos. Ich sah mich wieder in Davids Wohnung stehen und fragte mich, warum. Warum mich neuerdings hinter jeder Tür, die ich aufstieß, ein verlassenes, kaltes Durcheinander erwartete.

Zwei Zimmer und eine Wohnküche, die jetzt im wahrsten Wortsinn ausgelöscht vor mir lag. Der alte Gasherd war unter einer Schaumschicht verschwunden, Töpfe und Pfannen lagen auf dem Boden, auf dem Sofa noch der Abdruck meiner schlafenden Mutter. Sie hatte es immer geliebt, tagsüber in der Küche zu schlafen, nur mal kurz wegzunicken, wie sie es nannte. Nicht selten hatte sie den ganzen Nachmittag dort gelegen, während ich hungrig und mit trockener Kehle in meinem Zimmer ausharrte, weil ich sie nicht wecken wollte. Damals hatte sie einen leichten Schlaf, aber dieses Damals war seit dreißig Jahren vergangen. Ich war ausgezogen, hatte studiert, die Stadt verlassen, war nur an den Feiertagen zurückgekehrt, und seit ich beim Amt war, nicht einmal das.

Ich stand in dieser chaotischen Stille, alles stank nach Rauch, ich riss das Fenster auf, draußen nichts als Nebel und Herbst, und dann ging ich in ihr Schlafzimmer. Dieses Zimmer, das immer abgeschlossen gewesen war, in das ich kaum je einen Blick geworfen hatte. Nie hatte ich gewusst, was sie in diesem Raum tat, wo sie doch so gern in der Küche schlief, und noch jetzt glaubte ich, unerlaubt in ihr Innerstes vorzudringen, wenn ich ihn betrat.

Ihr Bett war gemacht, auf dem Nachttisch lag die Lesebrille neben einem Krimi. Es sah aus, als hätte sie alles geputzt, bevor sie sich mal kurz nebenan hingelegt hatte. Nicht einmal auf den Fotos, die auf der Kommode standen, lag Staub. Es waren ausschließlich Bilder von mir, auf keinem war ich älter als dreißig. Ich stellte meine Handtasche daneben, sie war mein gesamtes Gepäck, ich war nicht nach Istanbul zurückgekehrt, hatte direkt den nächsten Flug nach Hamburg genommen, und jetzt stand ich hier, stinkend nach Küste, Flucht und Angst, und darüber der Geruch vom Krankenhaus.

Ich öffnete sehr langsam die Tür ihres Kleiderschranks, der ein Tabu für mich war, manchmal hatte ich wirklich geglaubt, sie würde einen Mann darin verstecken. Leise entschuldigte ich mich bei ihr, sprach in das leere Zimmer hinein, dass es nicht anders ging, dass ich bloß ein paar Dinge für sie einpacken müsste, ein frisches Kleid für mich brauchte. Eines war formloser als das andere, mir war gar nicht klar gewesen, dass grobes Leinen in den letzten Jahren zu ihrem liebsten Material geworden war. Aber was machte es schon, wenn ich aussah wie meine eigene Mutter, wo mich außer meiner Mutter doch niemand sehen würde.

Ich zog mich um, stopfte meine schmutzigen Sachen in einen Einkaufsbeutel, der im Flur hing, und begann zu packen.

Eine Strickjacke, ein Pullover, Socken, und dann hörte ich das Piepen meines Telefons. Eine knappe, klare Nachricht, dass mich der Leiter des Referats übermorgen in der Zentrale erwartete. Zur Klärung offener Fragen. Auch Philipp würde zugegen sein. Und ich, ich würde von nichts gewusst haben. Schweigen war meine Überlebensstrategie.

Weiterpacken, Unterhosen, zwei Nachthemden, ich legte alles aufs Bett und suchte nach einer Jogginghose, einer, die man trug, wenn man nach Hause kam und den Tag vergessen wollte. Meine Mutter joggte nicht, ich hatte sie nie irgendeine Art von Sport machen sehen, manchmal hatte sie abends ihre Arme gedehnt und die Füße massiert, das war an Selbstzuwendung schon alles gewesen.

Ich steckte mit dem Kopf so tief im Schrank, dass ich das Klingeln erst bemerkte, als es nicht mehr aufhörte.

Welcher Idiot klingelte Sturm an einer aufgebrochenen Tür, dachte ich, und da stand David schon vor mir, mit müden Augen und einem blutigen Rasierschnitt an der Wange.

»Was machst du denn hier?«, fragte ich verwirrt.

»Mich bedanken.«

Er hielt eine Flasche Champagner hoch und gehörte nicht

hierher, hatte hier nichts verloren, niemand hatte etwas zu suchen in dem, was immer noch meine Kindheit war.

Ich verstand nicht, wie er mich hatte finden können.

»Recherche«, sagte David. »Manchmal findet man Menschen tatsächlich dort, wo sie gemeldet sind.«

»Du hättest anrufen sollen«, sagte ich, doch er nahm mich so fest in den Arm, als wäre es tatsächlich egal, ob wir uns in Istanbul oder Hamburg sahen.

»Ich wohne eh gleich um die Ecke«, sagte er.

Die letzte Nachricht hatte er mir vom Flughafen auf Rhodos geschickt, ein Foto von ihm, mit Barış und Meral neben sich, die erschöpft, aber glücklich aussahen. Ich hatte es sofort gelöscht.

David ließ mich los und nahm erst jetzt die Verwüstung um uns herum wahr. Er sah sich um, sah mich an in diesem Kleid, und bevor er etwas Falsches sagen oder fragen konnte, sagte ich: »Mach doch einfach den Champagner auf.«

Wir stießen an mit den roten Römergläsern, die ich im Wohnzimmer gefunden hatte, und nach dem ersten Schluck sagte David, dass er mich von der Büscher grüßen solle. Ich zuckte zusammen.

»Was hast du ihr erzählt?«

»Nichts eigentlich«, sagte er. »Bloß die Route. Mit einem versifften Motorboot nach Meis, dann die Fähre nach Rhodos und von dort Direktflug nach Hamburg. Keine Details, keine Namen, keine Probleme. Und sie hat nur gesagt: Grüßen Sie doch die Frau Andermann von mir und richten ihr meinen Dank aus.«

»Ihren Dank? War das ironisch gemeint?«

»Ich glaube, das meinte sie ernst. Manchmal verändern sich Menschen doch noch zum Guten.«

»Das wäre mir neu.«

»Tja, Gottes Garten ist voller Wunder«, sagte David, und sein Blick blieb hängen an etwas, das sich hinter meinem Rücken befand und von dem ich hoffte, es würde dieses Mal kein Herz sein.

»Verrückt«, sagte er. »Genau das gleiche Ding stand doch auch in meiner Istanbuler Wohnung.«

Er ging zur Kommode und nahm den Briefständer in die Hand, in dem nie etwas anderes gesteckt hatte als unbezahlte Rechnungen. Auch jetzt steckten noch graue Umschläge darin.

»Klassisches Ost-Relikt«, sagte David. »Hat meinem Kollegen Jürgen gehört. Der kommt ja aus dem Osten. Weißt du, was er mir immer erzählt hat von der Türkei?«

David lächelte, als er weitersprach: »Ist wie in der DDR hier. Kenn ich alles. Mit den Leuten komme ich klar. Es war hart für ihn, als er ausreisen musste. Aus der Türkei, meine ich. Er hat sich da wirklich wohlgefühlt, der konnte damit umgehen.«

Er holte eine Schachtel Zigarillos aus seiner Jackentasche, und obwohl es in dieser Wohnung so sehr nach Qualm stank, dass es einem das Hirn vernebelte, bestand ich darauf, am Fenster zu rauchen.

Wir streckten die Köpfe in den Hamburger Herbst und aschten schweigend aus dem Fenster.

»Ging mir nicht so«, sagte ich schließlich. »Aber ich kann mich an den Osten auch kaum noch erinnern.«

Wir blickten weiter stumm in das altbekannte, inzwischen fast schon geliebte Grau des Himmels.

»Ich war erst fünf, als wir nach Hamburg kamen.«

»Wieso habe ich das nicht gewusst?«, fragte David so leise, als galt diese Frage ihm selbst. Ich antwortete trotzdem.

»Weil es nirgendwo steht. Der diplomatische Lebenslauf beginnt mit der Ausbildung beim Amt. Davor ist man ein Nichts.«

»Aber warum hast du mir das nicht erzählt?«

»Wie gesagt, weil ich mich kaum an die Zeit erinnere. Außerdem werden wir beide nie so weit sein, dass ich dir ausschweifend von meiner Kindheit erzähle. Das hebe ich mir für die unverheirateten Männer auf.«

»Es erklärt jedenfalls so manches«, sagte David, und ich hatte keine Ahnung, wovon er sprach.

»Dein Glauben an die Freiheit zum Beispiel, an die Demokratie, den Rechtsstaat. Da kämpft nicht jeder für.«

»Ach, David«, sagte ich. »Ich war bloß ein Kind.«

»An irgendetwas musst du dich doch erinnern?«

Eine Kreuzung, an deren Ampel wir oft standen, warme Brötchen in einer Papiertüte, das graue, hochgezogene Ende der Stadt, das bewegungslose Gesicht eines Grenzpolizisten, meine Mutter weinend in der Küche, leere Rotweinflaschen auf dem Tisch, ihr Schlafzimmer, das immer abgeschlossen war. Ich erinnerte mich, wie ich mich im Bettkasten versteckte und den Deckel nicht mehr öffnen konnte, wie ich schrie und ungehört blieb, wie ich auf einer Bank im Kindergarten saß und niemand mich abholte, wie Männer in Anzügen unsere Wohnung durchsuchten, Schranktüren aufrissen, Schubladen auskippten, Spielzeugkisten durchwühlten, wie still es war, nachdem sie gegangen waren, wie wir zwei große Taschen packten und im Morgengrauen das Haus verließen.

»Ich muss meiner Mutter ihre Sachen bringen«, sagte ich nur und schloss das Fenster.

3

Ich zog den Rollkoffer meiner Mutter, mit dem ich sie nie gesehen hatte, durch die Gänge und klopfte leise an ihre Tür. Außer den Geräuschen eines Fernsehers hörte ich nichts. Ich betrat das Zimmer, wo ich sie schlafend in einem Stuhl fand, den Kopf noch immer zum Bildschirm gewandt. Als ich hinauf zum Fernseher sah, blickte ich ausgerechnet in das Gesicht des Bundespräsidenten, der seine Rede zum Tag der deutschen Einheit hielt. Wann ich zuletzt einen dritten Oktober nicht in einer unserer Botschaften verbracht hatte, wusste ich nicht, aber jetzt nach der Fernbedienung greifen und die Feierlichkeiten einfach ausschalten zu können, war mehr als befreiend, eine seltsame Genugtuung. Meine Mutter schlug die Augen auf, geweckt von der plötzlichen Stille.

»Wie siehst du denn aus?«, fragte sie.

»Ich musste mir ein Kleid von dir leihen.«

»Steht dir überhaupt nicht, diese Farbe. Was ist das, Aubergine?«

»Ich glaube, es war mal Lila«, sagte ich, öffnete ihren Koffer und begann, die Sachen in den Spind zu räumen.

»Lila«, seufzte sie. »Damals mochte ich das gern.«

»Wann war das?«

»Ja, die Siebziger oder was. Ja.« Sie schien sich beim Nachdenken zu verlieren, blickte verwirrt an mir vorbei, hin zu ihren
Erinnerungen.

Ich legte ihr die mitgebrachte Strickjacke über die Schultern,
und unter meinen Händen spürte ich ein leichtes Zittern. Ihre
Schulterblätter, ihr Rücken, von oben bis unten war sie ver-
spannt und verkrampfte unter meinen Berührungen nur noch
mehr.

»Weißt du, woran ich heute denken musste?«

»Lange her, dass ich deine Gedanken lesen konnte.«

Ich erzählte ihr von den Erinnerungen an unsere durch-
wühlte Wohnung, an die Männer in Anzügen, die Flucht in der
Morgendämmerung. Dass diese Erinnerungen verschwom-
men, überhaupt vorhin erst aufgetaucht waren, als ich in ihrem
und irgendwie immer noch unserem, jetzt abermals verwüste-
ten Zuhause gestanden hatte.

»Warum erinnern sich Kinder immer nur an das Schlechte?«,
fragte sie tonlos, und ich nahm meine Hände von ihren Schultern, kniete mich vor sie und zog ihr die Hausschuhe an.

»Was waren das für Leute?«, fragte ich.

Sie sah hilfesuchend hoch zum Fernseher, als wollte sie in
ein Unterhaltungsprogramm flüchten. Leider gab es keines, das
Kind hatte es ausgeschaltet.

»Die Tratschtante aus dem ersten Stock hat die reingelassen,
das war das letzte Mal, dass ich irgendwem einen Schlüssel gegeben habe. Eine Hexe war das, hat immer hinter der Tür gestanden.«

»Aber wer waren die Männer?«

Meine Mutter zuckte mit den Schultern. »Was weiß ich, Geheimdienst oder so.«

»Warum denn Geheimdienst?«

»Ich weiß es nicht, Fred. Die haben nicht ein Wort gesagt. Ich wusste es damals nicht, und ich weiß es heute nicht.«

Meine Mutter sah wieder zu mir hoch und schüttelte den Kopf.

»Mach mal den Fernseher wieder an«, befahl sie.

Ich verstand, sie würde nie darüber sprechen, und ich griff nach der Fernbedienung. Über dem Brandenburger Tor sahen wir das Feuerwerk explodieren, goldener Regen und rote Sonnen. Raketen schossen in den Himmel.

»Hübsch«, sagte meine Mutter, »wirklich hübsch. So schöne Farben.«

Hinter dem Rauch wehte schlaff die deutsche Flagge im Wind.

claassen ist ein Verlag
der Ullstein Buchverlage GmbH
www.ullstein.de

ISBN: 978-3-546-10005-2

5. Auflage 2022
© 2022 by Ullstein Buchverlage GmbH, Berlin
Alle Rechte vorbehalten
Gesetzt aus der Arno
Satz: LVD GmbH, Berlin
Druck und Bindearbeiten: GGP Media GmbH, Pößneck